Tucholsky Wagner Zola Scott Sydow Freud Schlegel
Turgenev Fonatne Wallace
Twain Walther von der Vogelweide Fouqué Friedrich II. von Preußen
Weber Freiligrath Frey
Fechner Fichte Weiße Rose von Fallersleben Kant Ernst Frommel
Richthofen
Hölderlin
Engels Fielding Eichendorff Tacitus Dumas
Fehrs Faber Flaubert
Eliasberg Ebner Eschenbach
Feuerbach Maximilian I. von Habsburg Fock Zweig
Eliot Vergil
Ewald
Goethe Elisabeth von Österreich London
Mendelssohn Balzac Shakespeare Dostojewski Ganghofer
Lichtenberg Rathenau Doyle Gjellerup
Trackl Stevenson Hambruch
Mommsen Tolstoi Lenz Droste-Hülshoff
Thoma Hanrieder
Dach von Arnim Hägele Hauff Humboldt
Verne
Reuter Rousseau Hagen Hauptmann Gautier
Karrillon Garschin
Defoe Baudelaire
Damaschke Hebbel
Descartes Hegel Kussmaul Herder
Wolfram von Eschenbach Dickens Schopenhauer Rilke George
Darwin Grimm Jerome
Bronner Melville Bebel Proust
Campe Horváth Aristoteles
Voltaire Federer Herodot
Bismarck Vigny Barlach
Gengenbach Heine
Storm Casanova Tersteegen Grillparzer Georgy
Gilm
Chamberlain Lessing Langbein Gryphius
Brentano Lafontaine
Claudius Schiller Kralik Iffland Sokrates
Strachwitz Bellamy Schilling
Katharina II. von Rußland Gerstäcker Raabe Gibbon Tschechow
Löns Hesse Hoffmann Gogol Wilde Vulpius
Gleim
Luther Heym Hofmannsthal Klee Hölty Morgenstern Goedicke
Roth Heyse Klopstock Kleist
Luxemburg Puschkin Homer Mörike Musil
La Roche Horaz
Machiavelli Kraft Kraus
Navarra Aurel Musset Kierkegaard
Lamprecht Kind Kirchhoff Hugo Moltke
Nestroy Marie de France
Laotse Ipsen Liebknecht
Nietzsche Nansen Ringelnatz
Marx Lassalle Gorki Klett Leibniz
von Ossietzky
May vom Stein Lawrence Irving
Petalozzi Knigge
Platon Kafka
Pückler Michelangelo Kock
Sachs Poe Liebermann
de Sade Praetorius Mistral Zetkin Korolenko

Der Verlag tredition aus Hamburg veröffentlicht in der Reihe **TREDITION CLASSICS** Werke aus mehr als zwei Jahrtausenden. Diese waren zu einem Großteil vergriffen oder nur noch antiquarisch erhältlich.

Symbolfigur für **TREDITION CLASSICS** ist Johannes Gutenberg (1400 — 1468), der Erfinder des Buchdrucks mit Metalllettern und der Druckerpresse.

Mit der Buchreihe **TREDITION CLASSICS** verfolgt tredition das Ziel, tausende Klassiker der Weltliteratur verschiedener Sprachen wieder als gedruckte Bücher aufzulegen – und das weltweit!

Die Buchreihe dient zur Bewahrung der Literatur und Förderung der Kultur. Sie trägt so dazu bei, dass viele tausend Werke nicht in Vergessenheit geraten.

# Die Tochter Fortunats

Jakob Julius David

# Impressum

Autor: Jakob Julius David
Umschlagkonzept: toepferschumann, Berlin

Verlag: tredition GmbH, Hamburg
ISBN: 978-3-8424-1193-7
Printed in Germany



Ziel der TREDITION CLASSICS ist es, tausende deutsch- und fremdsprachige Klassiker wieder in Buchform verfügbar zu machen. Die Werke wurden eingescannt und digitalisiert. Dadurch können etwaige Fehler nicht komplett ausgeschlossen werden. Unsere Kooperationspartner und wir von tredition versuchen, die Werke bestmöglich zu bearbeiten. Sollten Sie trotzdem einen Fehler finden, bitten wir diesen zu entschuldigen. Die Rechtschreibung der Originalausgabe wurde unverändert übernommen. Daher können sich hinsichtlich der Schreibweise Widersprüche zu der heutigen Rechtschreibung ergeben.

Jakob Julius David

# Die Tochter Fortunats

Unter allen Geschlechtern Ravennas konnte sich kein einziges in irgend einem Betracht mit den Malespina vergleichen. Ihr Reichtum überstieg alles Maß; ihr Adel war so alt und ihr Blut so rein, daß kein anderer Stamm neben ihnen genannt werden durfte. Mit dem Hause der Da Polenta waren sie nahe verwandt; so teilten sie die Macht der Gewaltherren, dann freilich auch den allgemeinen Haß, als die Zwingherrschaft gefallen war und nur noch die Malespina übrig blieben und alle überragten und allen bedrohlich waren durch die Größe ihrer Schätze und das Finstere ihrer selbstgenügsamen Sinnesart, die sie verhinderte, etwas zu tun oder auch nur zu versuchen, was die Abneigung ihrer Mitbürger vermindern gekonnt hätte.

Am höchsten gestiegen waren die Habe und das Ansehen des Hauses unter Herrn Guido dem Alten, dem Schwestersohne Guido da Polentas. Herr Guido hatte sechs Söhne, von denen der älteste nach ihm benannt war, während der letzte Fortunatus hieß. Nur diese zwei blieben ihm; fast zu Männern erblüht, hatte ihm der Tod die anderen genommen. Um diese nun trauerte er so unmäßig, daß er darüber lange Zeit nicht achtete, wie zwischen Guido und Fortunatus ein immer heftigerer Haß mit den Jahren großwuchs. Gleich allen Malespina hatte auch Herr Guido der Alte ein schweres Herz. Sein Sinn war vergangenen Leiden verpfändet; die Zukunft erschien ihm immer bedrohlich, und die Schatten, die sie vorauswarf, verdüsterten so sehr seine Seele, daß ihm die Gegenwart, ihr Genuß und selbst der Mut des Handelns darüber verloren gingen. Er erkannte wohl, daß die Feindseligkeit der Brüder den Fortbestand des Geschlechtes bedrohe, welches durch das Übelwollen aller Ravennaten ohnedies schon genug gefährdet war. Dem vorzubeugen aber reichte seine Kraft nicht aus. Auch hätte da keine Abwehr frommen können; denn die beiden waren zu ungleich geartet, und kaum je hat ein widerstrebenderes Brüderpaar auf dieser Erde geweilt als Guido, der rohe, kraftvolle Freund der Schenken von Classis, und Fortunatus, der schwächliche Spätling der Liebe seiner Eltern, welcher am liebsten über seinen Büchern saß.

Als dann auch ihr Vater sich zu seinen Toten gesellt hatte, blieben Guido und Fortunat allein in dem ungeheuren Hause der Malespina, das der Kirche von San Francesco gegenüber liegt. Beide waren unvermählt; der eine, weil sich nicht leicht eine Ebenbürtige entschlossen hätte, das Weib Guidos zu werden, während ihn Stolz und Habsucht abhielten, eine Unadelige oder Arme heimzuführen, der andere seines siechen Leibes halber. Neben ihnen schaltete ein stilles Geschöpfchen, die Tochter einer fernen Anverwandten, Maria mit Namen. Dieser nun stellte Guido nach; er setzte ihr mit rohen Worten zu und bedrohte mit rohern Fäusten das Mädchen, das dennoch nie klagte, das schweigend das schwere Los trug, welches das Schicksal über sein Haupt verhängt hatte. Denn Maria war fromm und hilfsbereit; sie gewann selbst noch Zeit, auf Fortunats kleine Leiden zu horchen, und bemühte sich dabei doch immer, ihre tiefen Schmerzen vor ihm zu verbergen. Eine reine Neigung, deren jeder, zumal der Verwaiste, bedarf, verband ihre Seelen. Nur einmal übermannte sie ihr Kummer doch. Das war am Abend, und Fortunat hatte sie gefunden, wie sie in einer Nische kauerte, die Hände vor das Antlitz geschlagen und Träne um Träne zwischen schmalen Fingerlein verrinnen lassend, während ein Schluchzen, dem eines kranken Kindes gleich, dabei ihre junge Brust hob. Sie wies ihm, als Fortunatus nach der Ursache ihres Grames fragte, schweigend ihre Arme; große runde Flecke erzählten vom unbarmherzigen Greifen einer Männerhand. Er wollte sie trösten; sie aber schüttelte in stummer Abwehr das Haupt. Und als er mit guten Worten weiter in sie drang, da lachte sie bitter: »Mich gelüstet's dort nicht nach Trost, wo mir keine Hilfe werden mag. Würde ich zu Gott beten, hielte ich ihn nicht für stark...?«

Was sich in jener Nacht zwischen Guido und Fortunatus begeben hat, das weiß niemand; denn die Türen im Hause der Malespina sind stark und seine Mauern fest. Doch als der Morgen zaghaft aufstieg, fanden die Knechte den starken Guido verröchelnd in seinem Gemache, und Herr Fortunat war samt Maria verschwunden. In der Brust des Wunden haftete ein Dolch. Herr Andrea Malespina, der Arzt, beider Vetter, besah ihn und verbarg dann die reich mit Edelsteinen geschmückte Waffe ernsthaft in seinem Kleide, ohne daß einer einen Einwand oder auch nur eine Frage gewagt hätte; denn sie fürchteten sich alle vor dem finsteren und verschlossenen Manne. Niemand weiß auch, wo sich die Flüchtigen hingewendet, noch welche Lande sie in schweifendem Elend durchzogen haben; niemand, welche Macht sie zusammengetan, ob ein Pfaffe, geweiht nach den Sätzen der Kirche, ob bloß gemeinsamer Jammer und die Not der Irrsal. Kein Segen konnte auf dem Bunde hegen, den Bruderblut gekittet: ihn mußten immer das Bewußtsein eigener Verschuldung und der Anblick von Marias Leiden peinigen; an ihr aber nagte der Vorwurf, daß ihn ihre Klagen zur unseligsten Tat getrieben hatten. Verborgen ist, wo das Weib begraben liegt. Nur als Fortunat nach vielen, vielen Jahren heimkam, ein früher Greis und so scheuen Blickes wie der gehetzte Wolf, ging an seiner Seite ein Mägdlein, das Marias Augen im schmalen Gesichtchen trug und aus ihnen bang und befremdet in die fremde Welt sah.

Dies war Renata, und aus solcher Ehe war sie geboren worden.

In unglücklicher Stunde hatte Fortunat die Heimat verlassen; dennoch war sie gesegneter als jene, welche seine Wiederkehr sah. Denn er fand keinen Freund mehr und nur einen seines Blutes: Herrn Andrea, den Arzt. Das große Sterben und die große Schlacht hatten alle Malespina weggerafft; Fremde waren mit ihrer Habe begabt worden, zumeist aber der einzige ihres Stammes. Dieser saß gerade damals, ein habsüchtiger, harter, unbeweibt alternder Mann, auf dem Stuhle des Podesta von Ravenna, und nur vieles und anständiges Bitten vermochte es über ihn, daß er dem Vetter Duldung in der Stadt und das verhieß, was ihm zum Leben notwendig wäre, sofern sich der still und bescheiden halten wolle, wie es Gebannten gezieme; denn noch schwebe Blutschuld über seinem Haupte, in frevelnder Stunde heraufbeschworen und durch keinen Lauf der Jahre auszutilgen. Ein Häuschen auf der Straße nach Classis, nahe den Sümpfen, deren giftiger Hauch allabendlich schwelend aufstieg, wies er ihnen an. Dort, kaum vor Hunger geschützt, den Stachel bitterster Enttäuschung im Herzen, betrogen um die einzige Hoffnung, welche ihn durch Jahre der Pein noch aufrecht erhalten, verträumte Fortunat müßig seine Tage und erwuchs Renata, ein stilles, den Menschen abholdes Geschöpf. Im Hochmut hatte sie der Vater erzogen, ihr erzählt, daß ihr Geschlecht in Ravenna Königen gleich geachtet werde. Nun sah sie's! Bettelhaft mußten sie leben, ausgeplündert und verachtet obendrein. »Von Dieben!« knirschte sie dann. Oder sie besah das Wahrzeichen ihres Stammes, den Hagerosenzweig, der über der Tür nickte. »Die Dornen stechen hart, wo sind die Rosen?« flüsterte sie dann. Niemals hatte sie in der Fremde Umgang mit Kindern gehabt, ihr einziger Verkehr war ein verstörter Mensch gewesen; niemals mütterliche Liebe gekannt, und nur als ein blutloser Schatten schwebte Marias bleiches Bild durch die Träume ihres Töchterleins.

Es bangte Renate vor der Zukunft, die kaum besseres bringen konnte; ihr schauderte vor der Vergangenheit und ihren Entbehrungen, und die Gegenwart war ihr verhaßt. Tag nach Tag verstrich, einförmig und voll Sorgen um einen Hinsiechenden; keiner ging, der nicht einen neuen Stachel in die wunde Seele gesenkt, keiner, der ihr nicht eine neue Demütigung gebracht hätte. Das schwere Herz der Malespina war in ihrer Brust erwacht und schlug mit starken Schlägen. Dazu aber sprach der Stolz ihres Blutes laut in ihr. Sie wußte genau, wie große Opfer sie ihrem Vater bringe; sie ermaß den Wert ihrer Pflege, jedes Bissens, den sie sich abbrach und ihm zuwendete. Das alles tat sie gern und wußte doch, daß es nicht aus Liebe geschah; sie haßte jede Lüge, auch die gegen sich selbst; und oftmals rückte sie in ihren Gebeten dem Himmel vor, wie vieles er ihr schulde.

Nur eines vollbrachte sie ungern für den Vater: den Weg nach Ravenna. Denn der Oheim war karg, und selbst um das Wenige, dessen die beiden bedurften, ließ er sich mahnen und bitten. Oft mußte sie im Vorzimmer harren, während sie doch wußte, der ganze Palast mit aller Herrlichkeit gehöre eigentlich ihr zu und nicht dem, der darin gebot. Verglich sie dann ihre Armseligkeit mit dem schweren Prunk, dem Erbstück von Jahrhunderten, der hier entfaltet wurde, dann quoll ein heißer Ingrimm in ihr auf, und eine bittere Verachtung murrte gegen den, der in ungerechtem Gut so stolz schaltete.

Dabei konnte sie nicht einmal unbehelligt ihrer Wege gehen. Wenn sie erschien, sammelten sich Bubenrotten, und ein häßliches

Schimpfwort klang hinter ihr her. »Hexe!« riefen sie ihr nach. – »Ich wollt', ich wäre es«, murmelte sie, als es zum erstenmale an ihr Ohr drang. Eine böse Lust am Verderben anderer regte sich in ihr. Alle Welt glaubte sie zu hassen: Herrn Andrea, ihren Vater, dem sie diesen neuen Unglimpf verdankte – denn er hatte unter unbrauchbarem Gerümpel alchimistisches Gerät entdeckt und brütete nun unablässig über Retorten und Kolben, sodaß man ihn den Hexenmeister, sie aber das Hexlein nannte –, zumeist aber grollte sie dem Anführer jener Knabenscharen.

Er hieß Renatus, und eigentlich hätte er längst nicht mehr zu ihnen gehört. Um mehr als Haupteslänge ragte er über die Gesellschaft hinaus, in der er sich doch gefiel. Es war eben ein leichtfertiger Geselle; unter dem Blondhaare, das wirr und kraus in seine Stirne fiel, schlummerten übermütige Gedanken. Seine braunen Augen leuchteten nur dann in vollem Schelmenlicht auf, wenn er jemanden recht quälen konnte. Dabei war er schön, stark und von gelenken Gliedern, und niemand konnte ihm ernstlich gram werden, selbst der nicht, dem er gerade erst den ärgsten Possen gespielt. Auch wußte man wohl, daß er nicht aus Bosheit derlei verübte; er ließ sich nur von jedem Windhauche treiben, der über die leicht bewegliche Fläche seiner Seele dahin fuhr. Renata aber erwog das nicht; sie hätte dergleichen in ihrer starren Sinnesart, die ernsthaft und unverrückt nach ihren Zielen hinstrebte, gar nicht verstanden, und so zürnte sie ihm wie dem Himmel, der ihr die Vergeltung weigerte. Sein Ohr aber ist taub für trotzige Drohung. Es blieb auch Renates Herz verschlossen in all diesen Jahren, in denen sie zur Jungfrau heranreifte, wie in der kurzen Zeit, die ihr dann noch zu leben vergönnt war.

Eine einzige Freude allein war Renate in diesen Jahren beschieden. Es kamen Tage, an denen Fortunat seiner alchimistischen Bestrebungen vergaß. Dann erwachte die reiche Zärtlichkeit seiner jungen Jahre, und es dämmerte ihm wohl auch die Erkenntnis auf, wie vieles er seinem Kinde verdanke, das ihm selbst das geringe Behagen dieses Greisenalters nur durch rastloses Mühen bereiten konnte; denn alle Arbeit ruhte auf den Schultern Renates. Er gab ihr dann süße Namen, flüsterte ihr Schmeichellaute ins Ohr, wie er es dereinst mit der unseligen Maria gehalten hatte, und sie ließ es sich gern gefallen, wenn er ihr mit der Hand über das reiche, glanzlos schwarze Haar strich. In solchen Stunden konnte auch Renates Auge aufleuchten, dessen Farbe so seltsam war. Denn tagsüber schien es grau; im Dämmern aber wurde es braun und stand dann fast übergroß in dem bleichen Gesichtchen. Der Vater erzählte dann wohl von fernen Landen, die er gesehen, von Venedig, dessen Kaufherren den Fürsten gleichen, von Byzanz, wo der Tag des Christentumes vor dem Schimmer des Halbmondes untergehen mußte, von Genuas Glanz und den Schätzen Trapezunts, die wie Ravennas Ruhm geschwunden waren; ihm waren alle Straßen bis fernhin nach Spanien vertraut, und selbst den Boden des heiligen Landes hatte er betreten. Wenn auch die Tochter dies alles mit ihm geschaut, so war das doch so lange her und sie damals noch in so zarter Kindheit gewesen, daß ihr alle die Wunder verwirrend und beängstigend durcheinander verrannen. Und wie verstand der Vater zu erzählen! So wenig er es jemals begriffen, nach Kaufmannsart Schätze zu sammeln, wie er es gesollt hätte, so gut hatte er das erfaßt, was ihm der Beobachtung wert erschienen war. So erweiterten denn die Bilder aus der Fremde Renates von der Heimat bedrängte Brust. Auch sprach er Verse, die des Mannes zumeist, der der verdüsterten Sinnesart dieser beiden am besten entsprach: Dantes, der als Verbannter oft die Gastfreundschaft der Malespina genossen, des großen Toten von San Francesco. Aus dem Gedächtnis, mit heiserer Stimme und oftmals nach Worten suchend, die ihm entfallen, holte er die Gesänge hervor. Schwer und wuchtig erklangen die Terzinen, und Bilder von gewaltigem Fehlen, riesenhafter Sünde, unendlicher Buße entzündeten sie in ihr, die sich, von der trauervollen Not des Alltags angeekelt, längst auf sich selbst zurückgezogen hatte. Sie sehnte sich danach, ähnlichen Menschen zu begegnen, wie es diese Sünder gewesen; ach! und was sie umgab, das war kleinliches Krämervolk und zu feig für starke Missetat, zu schlecht für rechte Tugend.

Dabei aber widerfuhr Renate eines, das sie befremdete und mit sich selbst hadern ließ. Als sie zum erstenmale aus dem Munde ihres Vaters die Kunde vom bittersüßen Geschick Francescas und Paolos aus Rimini vernommen hatte, da stand vor der nur allzu lebendigen Einbildungskraft des Mädchens, das längst dem Geiste nach und nun auch gemach nach dem Alter die unbewußte Kinderzeit überschritten hatte, klar jener Augenblick des heißesten Umschlingens der beiden. Ihre eigenen Züge trug Francesca; dem andern aber saß ein freies Haupt, umwallt von krausen blonden Haaren, auf breiten Schultern. Sie konnte diese Gestalt nicht verscheuchen, so sehr sie sich auch mühte; denn das erste, unbestimmte Sehnen bewegte eben ihre Seele und lieh sich Gestalt und Antlitz von dem, den sie so oft sehen mußte. Auf allen Pfaden begegnete ihr nämlich Renatus. Und wenn dann das Dunkel kam und sie stand allein im Freien, dann breitete sie die Arme sehnend aus, ohne doch zu wissen, was sie zu umfassen begehre.

Wer jemals Italien verlassen hat, um sich dem Norden, den Alpen, zuzuwenden, der wird befremdet ein neues Wunder gewahren: die Tannen, welche ihn hochstämmig und mit mächtigem Rauschen begleitet haben, verschwinden ihm allgemach, während er höher und höher steigt. An ihrer Stelle aber kriecht, der Jochhöhe nahe, ihr verkrüppeltes Geschwistergeschlecht hervor. Es ist niedrig von Wuchs, und seine Nadeln sind struppig; aber kein Sturm, so gewaltig sie auch über diese Gipfel dahinbrausen mögen, kann diese Stämmchen brechen; auch der endloseste Winter versehrt ihre Triebkraft nicht; die Schneide der Axt wird stumpf an ihnen, und es brechen selbst die Zähne der Säge, welche daran nagt. Legföhre nennen die Bewohner jener Wüsteneien den Baum. Einer solchen Legföhre gleich erwuchs Renates Geist. Aller Bitternisse und aller Schauer war er kundig; er ertrug lebenszäh, was sonst niemand überdauert hätte. Die freie Entwickelung aber, das stolze Aufstreben blieben ihm versagt; das war erstickt worden unter dem, was sie in den Jahren nach ihrer Heimkehr erfahren und erduldet hatte. So wurde sie beharrlich im Hasse, selbstgenügsam im Lieben; mit festen Wurzeln umklammerte sie das karge Erdreich, aus dem ihr Liebesbedürfnis seine Nahrung saugen mußte; zunächst ihren Vater, so wenig sie selbst es glaubte. Die Freudigkeit des Lebens begriff sie freilich nicht, vielleicht darum, weil die letzte Malespina ihrer nimmermehr bedürfen sollte.

Dabei aber bemerkte Renate dennoch, daß sich nicht mehr wie früher Schmähworte an ihre Fersen hefteten, wenn sie in Ravenna erschien. Jene Kinder, welche sie verhöhnt, waren mittlerweile zu Jünglingen herangewachsen. Dafür wurde aber das Mädchen durch ein anderes belästigt: es fühlte allenthalben, auf jedem Gange die Augen der Jugend der Stadt und selbst die manches Alten auf sich gerichtet. Feindselig, meinte die Mißtrauische, die neue Anschläge dahinter witterte. Und doch war es ein anderer Grund: die dunkle Wunderblume ihrer Schönheit war aufgebrochen, und ihr Anblick berauschte jeden, der die Tochter Fortunats erschaute.

Den Tag, an welchem sie sich ihrer Anmut bewußt wurde, sollte Renate aber wiederum niemals vergessen, so wenig wie den ihrer Heimkehr, und in gleichem Sinne.

Dem Mittag zu hatte sie ihre Heimstätte verlassen, um Herrn Andrea aufzusuchen, mit dem, wie ihr schien, seit kurzer Zeit eine ganz sonderbare Wandlung vorgegangen: er begegnete ihr schier allzu freundlich und war freigebiger als je zuvor. Er versuchte selbst mit seinem Nichtchen zu scherzen, so ernsthaft ihn Renate dabei auch immer anblickte. Das erschwerte ihr einen Gang, der ihr allezeit hart genug angekommen war. Und wie sie nun an jenem Herbsttage so dahinschritt und dabei nach ihrer Gewohnheit über Andreas Benehmen und über manches andere nachsann, das sie in der jüngsten Zeit befremdet oder geängstigt hatte, da trat ihr etwa halbwegs ein Mann in den Pfad. Er wollte ihr mit heiterem Gruße nahen, doch das Wort erstarrte ihm auf den Lippen, als er gewahrte, wie sie mit weit geöffneten Augen, die an ihm vorbei ins Leere starrten, vorüberzog, ohne die Wimper zu senken, ohne ihn zu beachten. Und dennoch hatte sie ihn schon von weither an den Schlägen ihres Herzens erkannt. Renatus Spada sah ihr nach; die Brauen zusammengezogen, die Hand immer noch auf dem Schwertknauf, wohin er sie zu höfischem Gruße gelegt hatte, verfolgte er mit zornigen Blicken die Gestalt, bis ihm im Palast der Malespina diejenige entschwand, die zu halten er nicht gewagt hatte.

Jene Begegnung aber berührte Renate wie ein Zeichen von übler Vorbedeutung. Eine dumpfe Beängstigung überfiel sie, und sie nahte zaghaft und beklommen dem Oheim, der sich an jenem Tage sogar zu einem Lächeln zwang, das sein durch Studien und Nachtwachen entfärbtes Gesicht doppelt unheimlich erscheinen ließ. Zum erstenmal wies er ihr alle Räume des Hauses ihrer Väter, zeigte ihr beflissen alle seine Schätze und fragte, ob die nicht selig zu preisen sei, der einmal alle zu eigen wären. Sie kamen dabei an einem hohen Spiegel, einem köstlichen Werke, wie man sie nur in Venedig zu bereiten versteht, vorüber; er forderte sie auf, hineinzuschauen, und sprach, auf ihr Abbild deutend: »Sieh, das Schönste, was die Malespina je besessen haben.« Er bemerkte nicht, wie widerwillig sie ihm folgte und horchte; sie aber empfand, als sie sich nach einem Schlüssel bücken mußte, der ihm entfallen war, wie sein lüsterner Blick begehrlich die Linien ihres zierlichen Körpers entlang glitt. Ein zorniges Rot färbte dabei sacht ihre Wangen. Das war ein anderer Haß, als den sie gegen Renatus zu empfinden glaubte, was jetzt mit dumpfem Ekel in ihr sprach. Als der Oheim dann fragte, wie es

Fortunat ergehe und was er treibe – er hatte sich volle vier Jahre zu dieser Frage Zeit gelassen –, seinen Entschluß kund tat, sich schon am nächsten Tage selbst von dem Befinden des nächsten Verwandten, den er besitze, zu überzeugen, da umschnürte ein ahnendes Bangen stärker und stärker die Brust des Mädchens. Sie vermochte kaum ein kurzes: »Wie es dir gefällt, Herr!« zu stammeln; es war ihr unmöglich, ihn Oheim zu nennen. Sobald sie nur konnte, eilte sie fort; in die Kirche San Francesco stürmte sie, und dort, vor Dantes Grabmal, kniete sie nieder und schrie in heißen, wirren, lästerlichen und doch auch unendlich frommen Gebeten, die ihr nicht Linderung und nicht Erhörung brachten, zum Herrn des Himmels.

Während aber ihr schwacher Vater, der seit geraumer Zeit nur noch zwischen Entzücken bei der kleinsten Hoffnung und Verzweiflung über sein ewiges Mißgeschick hin- und hergetrieben wurde, auf die Kunde von dem unverhofften Gaste hin die tollsten Zukunftspläne wagte, ließ Renata ihr Angesicht in beiden Händen ruhen, und dunkle Schauer einer mächtigen Zukunft bewegten sich ihr tief im durchfröstelten Gemüt.

In dieser Nacht berührte kein Schlummer mit linder Hand die Augen Renates. Vergeblich bemühte sie sich zu ergründen, wovor sie sich denn eigentlich so sehr ängstige. Ihr war dumpf und trüb, und sie konnte das Nächstliegende kaum zu Ende denken. Renatus kam ihr in den Sinn; an diesem Feinde hatte sie ernst und stolz vorüberschreiten dürfen, ohne daß ihn auch nur der Saum ihres Gewandes berühren mußte. Desto näher wollte ihr dafür nun der andere kommen, und den zu bannen mochte die Gewalt ihres Blickes kaum mehr genügen. Ängstlicher atmet kein Vögelein in der Faust seines Fängers, als es Renate in diesen Stunden tat; manchmal stieg ihr ein tränenloses Schluchzen auf, und sie bezwang es gewaltsam. Im gleichen Zimmer mit ihr schlief Fortunat; seit langer Zeit zum erstenmal friedlich. Sonst hatte sein wirres Aufschreien aus bangen Träumen ihr oft die Ruhe verstört, und die Stolze wollte nicht durch den Ausbruch ihrer Schmerzen den leichten Schlummer von den Wimpern des Greises verscheuchen.

Langsam und träge zerrann das Dunkel, endlos war es bis zum Hahnenruf, der ihr gestattete, sich vom Lager zu erheben. Vieles hätte sie zu verrichten gehabt; aber sie war lässig wie noch nie. Ihre überwachten Augen spähten immer der Stadt zu, einem müßigen Hinbrüten folgte eine unnatürliche Emsigkeit. Sie fiel selbst Fortunat auf, dem die Hoffnung wiederum auch für fremde Angelegenheiten den Blick erschlossen hatte. Nichts wollte Renate gedeihen; und als endlich der Abend sank und mit ihm Andrea erschien, nachdem die Sorge des Amtes den Podesta und die Kranken den Arzt entlassen hatten, da war es in der kleinen Behausung der beiden zum erstenmale noch ebenso öde und trostlos wie in der Seele der Tochter Fortunats.

Sie hatte sich beim Eintreten des Oheims entfernen wollen; der aber winkte ihr zu bleiben. Für diesen Gang hatte er sich nach Kräften herausgeputzt; sonst trug er den Talar der Ärzte, heute schmückte ihn ein reiches, ritterliches Gewand, das ihn freilich nicht jünger noch schöner machte. Er ließ sich nieder, und alle schwiegen bänglich. Umsonst suchte Herr Andrea die Stille zu brechen, indem er das Mädchen scherzhaft schalt, weil es ihm verborgen hätte, wie arm ihre Wohnung an den notwendigsten Dingen zum Behagen sei; sie wisse doch, daß ihm nur allzu vieles ungenutzt verderbe. Um den Mund Renates lag dabei ein verächtliches Lächeln: Herr Andrea log also auch, denn sie hatte ihm nur zu oft dieses Leid, das sie besonders bedrückte, geklagt. Sie erwiderte aber nichts, und die drei verstummten abermals; Renate in der tiefen Fensternische, in der sie stehen mußte, weil sie keinen dritten Stuhl mehr besaßen, in furchtsamer und doch trotziger Erwartung; Fortunat in ahnender Hoffnung, in die dennoch als bitterer Tropfen etwas von der sichtlichen Bängnis Renates überfloß; Herr Andrea endlich, weil er noch immer nach einem passenden Eingang suchte. Es verwirrten ihn auch die vier Augen, welche gespannt und erwartungsvoll auf ihn hinblickten, und vielleicht fiel ihm in dieser Stunde doch das Unsinnige des heißen Begehrens ein, das ihn, den an Büchern und über Krankenbetten Ergrauten, so plötzlich überfallen hatte. Ein letzter Sonnenstrahl fiel noch durch das Fenster; er lief über Renates Scheitel hin – die schweren Wellen ihres Haares erschimmerten leise wie goldgetönt darunter – und glitt dann auf Herrn Andreas Haupt.

Der Podesta atmete erleichtert auf. Diese leuchtende Brücke, die sich so zwischen ihm und Renate spannte, schien ihm ein günstiges Vorzeichen. Er hub an. Auf weitem Umwege näherte er sich seinem Ziele; von der Verödung sprach er, welcher der alte Stammsitz der

Malespina nun anheimgefallen sei. Er schilderte, wie einsam und unglücklich er hause, trotz der Schätze, die ihm teils durch Erbschaft, teils zum Lohn für seine Kunst geworden seien. Ihm fehle es am Sonnenlichte, und das wolle er gern in sein düsteres Heim tragen. Er gedachte auch seiner Pflicht, das Erlöschen des alten Stammes zu verhüten. Hier stockte ihm der Fluß der Rede wieder: vor der immer ängstlicheren Erregung Fortunats, vor Renates Rätselaugen, die ihn mißtrauisch belauerten. Er ermannte sich; noch sei er rüstig und könne eine gesparte Kraft seiner Gattin darbringen. Wo aber die Ebenbürtige finden? Dem Malespina zieme bloß die Malespina...

Fortunat fuhr auf: »Aber dein Alter, Oheim? Renata ist fast noch ein Kind, und du...«

»Ich weiß wohl, ich bin ein Greis. Zu mindest den Haaren nach, und nur nach ihnen kannst du Törichter urteilen. Sei du klüger, Renata. Erwäge wohl; ihr seid gebannt, du wie dein Vater, und nur meine Hand beschützt euch. Aber dieselben, welche die Hilflose meiden und ihr nachstellen, die werden der Gattin des Podesta die Schuhe küssen. Du bist stolz – ich biete dir Ehren. Du bist arm – und Reichtümer, ungemessen und unerschöpflich, sollen dein werden. Erwäg's wohl.«

In Fortunat war es ganz licht und hell geworden. Er erkannte klar das Unerhörte des Ansinnens, das der Oheim an sein Kind stellte. Er richtete sich auf, mußte sich stützen dabei, denn seine Füße konnten ihn vor Erregung kaum mehr tragen: »Sprich nicht, Renata«, rief er heiser und hastig, »ich leide es nie und nimmer!«

Renata hatte die Hände über der Brust gekreuzt. Nun fielen sie langsam hernieder. Sie horchte so ruhig und besonnen, als ginge es um das Geschick der Fremdesten, und keine Spur von Beklemmung war mehr in ihr. Es war allein das Geheimnis gewesen, das sie ängstigen gekonnt; das war verflogen, und sie war nun wieder still und fest und selbst freudig, daß der Vater ihr zuliebe doch eines starken Wortes fähig war. Die Blicke des Oheims hingen bangend und dennoch voll Begehrens an ihr; sie aber regte sich nicht, und nicht einmal die langen dunklen Wimpern ihrer Augen zuckten, als Andrea in beweglichem Tone bat: »Hör' nicht auf ihn! sprich du, Renata. Willst du mein werden?«

»Nein.« Schwer und einsilbig klang es durch das Gemach.

Herr Andrea erhob sich. Draußen war auch der letzte Sonnenschimmer erloschen, und im Zwielichte sah er sehr müde und greisenhaft drein. Noch eine Weile lang harrte er auf eine neue Antwort. »Es ist gut so«, sprach er dann. »Ich erkenne nun selbst, daß ich für Renate allzu alt bin. Oft schien es mir schon früher, als drücke die Last der Jahre, die ich tragen muß, der Ehren, die mir aufgebürdet wurden, doch fast zu schwer auf meine Schultern. So wollte ich die Jugend in mein Haus führen, damit mein Herz an ihrem Widerscheine erwarme. Sie ist mir verweigert worden. So werde ich denn auch fürderhin so einsam leben, wie ich es schon gar lange tue. Aber ich kann nicht mehr Podesta von Ravenna bleiben, und meine Hand kann niemandes Haupt mehr beschützen. Es ist Zeit, daß ich mein Haus bestelle und mein Gewissen erleichtere; die Bürde, die ich so lange mitgeschleppt, bedrängt meine Seele, und ich kann sie nicht länger tragen. Ich könnte dahingehen, bevor ich ihrer entledigt wäre. Ich selbst habe niemals Übles getan – doch habe ich dazu geholfen, daß eine üble Tat verhohlen blieb. Diesen da« – den Dolch riß er von der Seite und warf ihn auf den Tisch, daß es klirrte, und seine Stimme schwoll an in Erregung – »muß ich denen zeigen, die es angeht, muß berichten, wo und wie ich ihn fand, damit das geschehe, was des Rechtes ist...«

In qualvoller Angst vernahm Fortunat das. Jener stumme Zeuge rief ihm ein längst verblaßtes Bild wieder ins Gedächtnis: ein grauenvolles, ungleiches Ringen, in dem der Schwächere Sieger geblieben war, sah er wieder, vernahm wieder ein Todesröcheln. Und entsetzt schrie er auf: »Dann muß ich sterben, Andrea! Durch das Beil sterben.«

»Du sagst es.«

»Erbarm' dich und schweige.«

Keine Antwort kam. Man hörte nur, wie sich die zögernden Schritte Andreas der Tür zu bewegten. Ihm folgte Fortunat laut jammernd; und schon waren die beiden der Schwelle nahe, als ein lauter Ruf hinter ihnen her erklang. Renata war vorgetreten und stand nun starr, finster und todesbleich in der Mitte des Raumes. »Andrea«, rief sie, und er blieb stehen. Sie aber beachtete ihn weiter nicht; nur auf ihren Vater ging sie zu und küßte ihn auf beide Wangen: »Dir soll das Leben erhalten bleiben, an dem deine Seele so sehr hängt. Ich bin dein, Andrea!«

Andrea trat wieder näher: »Glaub' mir, es soll dich auch nie gereuen!«

»Mich wird nichts gereuen, was ich jemals tue. Das merke dir, Oheim.«

Der Greis näherte sein Haupt dem ihrigen: »Das Pfand der Verlobung!« bat er.

Sie lächelte verächtlich: »Seit wann begehren die Malespina Pfänder wie wuchernde Lombarden? Das ist hier nicht notwendig. Hole Dispens von Rom; ich bin dein und ich bleibe es.«

So hat Herr Andrea die Hand der Tochter Fortunats gewonnen, sich zum Unsegen, dem Mädchen aber zum Fluche. Renate aber war es, als wäre mit diesem letzten, größten Opfer, das sie für ihren Vater bringen mußte, wieder die ganze, unendliche Liebe ihrer Kinderzeit, als er ihr noch in der Fremde wie der herrlichste aller Menschen erschienen war, in ihre Brust eingezogen. Sie konnte für ihn nichts mehr dahingeben, nachdem sie dieses auch getan. Und so tröstete sie ihn, als er zu weinen begann, sein Leben verfluchte und dem Oheim nachstrebte. Wie eine Mutter dem kranken Kinde zuspricht, so hielt sie es mit ihm. Sie ließ sich selbst liebkosen. Als aber dann Fortunats Geist, wie er sich denn in den jähesten Sprüngen gefiel, wieder die Vorteile dieser Verbindung rühmen wollte, da lächelte sie nur. Ihren Vater aber überkam es wie Grauen, als er dieses Zucken ihrer schmalen Lippen gewahrte.

Bis in die späteste Nacht saßen die beiden beisammen: denn es war kein Zweifel, daß der Podesta eilen würde, sein junges Weib heimzuführen, und so wollte es Renate fast scheinen, als gehöre sie nur noch diese Nacht ihrem Vater ganz an, und es bedünkte sie plötzlich das, was sie ihm zuliebe getan, doch gering neben der Last, die so lange und so wuchtig in der Pein seines Gewissens, in der ungewohnten Not auf ihn gedrückt hatte. Das konnten nur verdoppelte Liebesbeweise, in die kürzeste Frist zusammengedrängt, wieder gutmachen. Sie zwang ihn, sich zur Ruhe zu begeben, und ließ ihm ihre Hand, die er erfaßt hatte, als wolle er sich vergewissern, daß sie ihm noch nicht verloren sei. Während sie aber über seinen Schlummer wachte, zog ein befremdliches Spukgesicht vor ihren ermattenden Sinnen auf; in langer Reihe schritt ein stattliches Geschlecht an ihr vorüber. Allesamt waren sie hochgewachsen, und ihre Zahl war schier endlos; alle sahen einander ähnlich; alle trugen aber auch denselben Zug der Schmerzen zwischen verdüsterten Brauen. Als letzte aber, hart hinter zweien Greisen, kam sie selber.

Schon mit dem nächsten Tage erschienen Handwerksleute, um das Heim der beiden in Stand zu setzen; denn was für Fortunat gut genug gewesen war, das war es nicht für den Schwiegervater des mächtigen Podesta, der sich nur aus der würdigsten Umgebung die Braut heimholen wollte. Renata ließ sie schalten nach Gefallen. Ein alter Herzenswunsch war ihr allerdings erfüllt, aber welchen Preis hatte sie dafür zahlen müssen! Es wollte ihr fast ahnen, als wären die Tage noch immer die besten ihres Lebens gewesen, die sie unter diesem verfallenden Dache verbracht. Sie wich nicht mehr von der Seite ihres Vaters; beide waren unzertrennlich. Den Tag über schwiegen sie; wenn es aber zu dunklen begann, wenn das Geklopfe und das Gehämmer ringsum verstummt war, dann sprachen sie einander gar liebevoll zu. Nur zu oft kamen dem Manne die Tränen; die Augen des Mädchens blieben immer trocken, und Fortunat hatte sich bald so sehr daran gewöhnt, von der Tochter bemitleidet zu werden, daß er sich beinahe für den Bedauernswerteren hielt. Als aber dann die fürstlichen Brautgeschenke kamen, die Herr Andrea seiner zukünftigen Gattin zusendete, als der Greis erst wieder durch reichgeschmückte Räumlichkeiten wandeln durfte, da freute er sich, war guten Mutes und staunte, daß sein Töchterlein so wenig

Freude an dem herrlichen Leben hatte, welches ihnen nun für alle Zukunft beschieden schien. Am liebsten hätte er es deshalb tüchtig ausgeschmäht; nur fehlte dazu jede Gelegenheit, weil es immer schwieg, und er begann sich fast vor ihrer Ruhe zu fürchten. Sie aber bemerkte mit innerer Angst, daß des Vaters Gedanken wechselten wie die eines Fiebernden, und daß auf die ungewohnte Freudigkeit nur zu bald der Trübsinn folgte, den sie nur zu gut von früher her kannte. Wollte ihr das vielleicht wieder ein Unheil vorbedeuten? Vielleicht gar den Verlust des einzigen, der ihr auf Erden noch wert war?

Beschwingt enteilte die Zeit. Das Brautgewand kam und wurde geprüft. Eng umschloß seine Pracht die hohe, fast überschlanke Gestalt Renates. Die dunklen Fluten ihres Haares ergossen sich aufgelöst darüber, ihre rätselvollen Augen leuchteten heller als das reichste Geschmeide. Und dennoch steckten diejenigen, die das alles gebracht, die Köpfe zusammen und raunten, als sie entlassen wurden. Auch der Dispens kam; der Verlobungsring wurde feierlich an den Finger Renates gesteckt. An demselben Tage sah Fortunat, wie die Tochter träumerisch am Herde stand und in die Gluten starrte. Plötzlich ergriff sie ein scharf geschliffenes Beil und ließ es hastig wider ihre Linke zucken; die Axt sank aber wieder, noch ehe der Angstruf des Vaters das Ohr des Mädchens erreichen gekonnt. Eine unsägliche Traurigkeit überschattete dabei ihr Antlitz. Nur noch wenige Tage trennten sie von der Vermählung; in ihnen hat Renata die letzten Male gebetet, und nur noch einmal in ihrem Leben hat die Tochter Fortunats eine Kirche betreten.

Das war an ihrem Hochzeitstage, und alles Volk von Ravenna war hinzugeströmt. Die Menschen drängten sich in den Straßen rings um San Francesco – denn die vornehmste Kirche der Stadt war für die Malespina wie eine Hauskapelle. Tagelöhner standen hier, welche an diesem Vormittag ihr Handwerkszeug feiern ließen; Mädchen, die neugierig waren, was für Schmuck und was für Kleider die Braut tragen werde; junge Edelleute endlich, die bei den Zuschauerinnen ihren Spaß zu finden hoffen durften. Spöttische Scherze wurden laut; man lachte über böse Reden, die das Alter des Podesta mit dem seiner Braut verglichen.

Als der Brautzug erschien, verstummten alle. Ratsherren in der Tracht ihres Amtes schritten vorauf; ihnen folgte Andrea, die Tochter Fortunats an seiner Seite. Noch kein Weib von Ravenna hat kostbareres Geschmeide getragen als sie, da sie zur Kirche ging; der Brautschleier, wie ein Nebel wallend und schimmernd, überfloß das Kleid, das die Schönheit ihres unberührten Leibes trotz der Umhüllung andeutend verriet. Ins dunkle Haar war ein einziger Rubin gebettet; sein rotes, flimmerndes Licht strahlte durch das feine Gewebe des Schleiers. Die teuersten Kleinodien, die der Schatz der Malespina verwahrte, leuchteten an ihrem weißen Halse. Aber es ist in dieser Stadt auch noch nie ein schöneres Weib zum Altare geschritten; ein Staunen befiel die Menge und bannte ihre Zungen, als sie die Braut des Podesta ersahen, wie sie züchtig, die Wimpern gesenkt und dennoch freien Hauptes, dahinwandelte. Nur daß ihre Schönheit nicht herzerfreuend erschien; ihr Antlitz war so blaß wie das der Toten. Und als sie hart an der Kirche waren und der Zug der Festgenossen kleinere Schritte machte, da erklang mitten aus dem Volke heraus eine helle Stimme: »Nun führt der blasse Tod gar einen Arzt zur Hochzeit! Unrecht und Undank!«

Renata hatte eben die Kirchenschwelle überschreiten wollen. Nun stockte ihr der Fuß, und sie wandte das Haupt. Diese Stimme kannte sie. Hart am Eingange stand Renatus; der Gewaltige überragte alle. Sie schlug langsam das Auge auf und sandte ihm einen vollen Blick der Trauer und des Hasses. Renatus fühlte sich durchschauert, und das helle Rot seiner Wangen erblich; dann aber stieg ihm sein ungestümes Blut zu Häupten, und er fühlte, wie eine fremde Glut heiß in ihm erglomm. Es überfiel ihn wie ein Schwindel; an das Gestein des Tores mußte er sich lehnen, und es bot ihm willkommene Stütze und Kühlung, denn ein Zucken durchlief seine Glieder und lähmte ihm die Füße. Aber dieser lohe Frost hielt ihn nur kurze Zeit gefangen; dann drängte er nach, schob achtlos die beiseite, welche ihn umstanden. Er mußte sehen, wie die Ringe gewechselt wurden. Alles, alles! Wozu? Er wußte es nicht. Man hatte aber bemerkt, daß Renate nach rückwärts gesehen hatte, und ein häßliches Weib krächzte: »Eine Braut, die sich an der Kirchentür umsieht... das bedeutet Unheil.« – »Hexe, du hast ja auch den Bräutigam gesehen. Da braucht man denn doch kein zauberisches Wissen und keine Vorzeichen für eine solche Weissagung«, wurde hämisch erwidert.

Langsam hatten sich die Menschen verlaufen, und Renatus blieb allein auf dem Platze. Er umkreiste ruhelos und unablässig das Haus der Malespina, und es zog ihn gewaltig hinein. Er mußte Renate zur Rede stellen. Wer hatte ihr das Recht gegeben, ihn so anzublicken? Wenn er daran dachte, dann schlossen sich ihm die Augen, als führe eine Flackersäule, deren Glanz er nicht zu ertragen vermochte, aus dem Boden, und er glaubte wiederum ein starres und marmornes Gesicht leibhaftig vor sich zu sehen. Was hatte nicht alles in jenem Blicke gelegen! Haß, Groll, Anklage – selbst Verachtung. Nein, die nicht; das durfte nicht sein. Alle anderen Gefühle mochte sie ihm immerhin entgegenbringen, denn er konnte sie ja ehrlich zurückgeben, alle bis auf dieses eine. Dabei fühlte er, daß ihm ein Mann, an den er kaum je zuvor gedacht, plötzlich im Tiefsten widerwärtig geworden war: Herr Andrea. Immer war Renatus ein Mann der Tat und nicht des Nachsinnens gewesen; dem Augenblicke hatte er gedient, und von seinen Eingebungen allein war die Richtung bestimmt worden, die er seinem Leben gab. Um so mehr verwirrten ihn also diese flutenden Gedanken. Eine ihm unbekannte Zaghaftigkeit befiel ihn, wenn er des Augenblickes gedachte, da er ins festliche Gemach vor Renate hintreten würde, um Rechenschaft von ihr zu fordern. »Es ist, weil du ein ungeladener Gast bist«, sprach er zu sich selber. Er schüttelte das Haupt; nein, das hätte ihn sonst so wenig angefochten, als es ihn jemals gekränkt hatte, daß der Arme und Elternlose trotz seines alten Adels, der allein dem der Malespina nachstand, viele Genossen und nicht einen Freund hatte. Warum kam es ihm nur so plötzlich, daß er vereinsamt war? Hatte ihn das je zuvor bekümmert? Fürchtete er vielleicht, noch einmal dem Aufschlag jener Augen zu begegnen? Als wollte er sich ermutigen, so zog er seinen langen spanischen Raufdegen halb und stieß ihn mit Macht wieder in die Scheide. Sein Geklirre ergötzte ihn. Und schließlich – wann hatte sich denn Renatus Spada zuvor vor Frauenaugen gefürchtet?

Im Palaste der Malespina war an jenem Tage ein solcher Andrang von Gästen, daß man ihn gar nicht beachtete, als er eintrat. Ein fürstliches Mahl war angerichtet; an der langen Tafel aber saß nur ein junges Gesicht. In geschliffenen Pokalen aus Venedig leuchteten die kostbarsten Weine, welche die Inseln Griechenlands, welche Süditalien und Spanien jemals erzeugt. Die verdrossenen Mienen der Gäste wurden dennoch bei ihrem würzigen Arom, beim Wohlgeschmack der allerteuersten Speisen nicht heller. Scharfgespitzte Wortspiele flatterten auf; höhnische Scherzworte tauschte der Nachbar mit den Nachbarn. Eine innere Unruhe trieb Renatus hinter den Stühlen um, und so erlauschte er eines und das andere. Er lachte sonst gern, heute konnte er's nicht; denn ihm war, als läge ein dumpfer, schwüler Hauch, die Brust beklemmend, über allem, und dann hatte er nur für eine Augen: für Renate.

Zwischen Vater und Oheim saß das junge Weib stolz und ruhig. Für ihre Gäste hatte sie keinen Blick; wenn sich einer erhob, sein Glas auf ihr Wohl zu bringen, dann neigte sich ihr feiner Hals dankend. Auch ihres Gatten achtete sie gar nicht. In der einen Hand hielt sie den Brautfächer, ihre Rechte aber lag in der Hand ihres Vaters. Unter den schattenden Wimpern hervor lugte sie oft und besorgt nach dem Greisenantlitz, auf dem die Farben heute kamen und gingen wie noch nie. Es schien ihr, als verzehre eine wahnwitzige Unruhe Fortunat; er trank mehr als billig, und häufig bewegte sich sein Mund, als wolle er sprechen und finde die Worte nicht. Nur seine Hand – sie glühte – erwiderte mit aller Kraft den Druck, den ihm die seiner Tochter gab.

Im Saale wurde es lauter und lauter. Der Wein übte seine Macht. Offen und ohne jede Rücksicht tauschten die Ratsherren von Ravenna Wort und Antwort, so wenig diese auch für die Ohren ihres Oberhauptes oder gar der Jungvermählten geeignet sein mochten. Plötzlich sprang Renata auf; sie hatte ein krampfhaftes Zusammenfahren ihres Nachbars empfunden, mit lähmendem Entsetzen bemerkt, daß in der ihrigen eine kalte und starre Hand lag. Das Haupt Fortunats war müde vornüber gesunken; sie sah ihrem Vater ins Angesicht, begegnete verglasten Augen, und auf halboffenen bleichen Lippen schien ein letzter Angstruf festgebannt. Ein furchtbares Erschrecken beklemmte ihr das Herz; sie taumelte. Ein starker Arm umfing sie; und während so das Haupt Renates für kürzeste Weile an der Brust des Renatus ruhte, war es dem Jüngling, als wäre die ganze Welt in einem Flammenmeere versunken, das in seine tiefste Seele versengend hinüberschlug. Bald stand sie wieder auf starken Füßen; die Stimme erhob sie – sie bebte noch –

ein Blick wie vor der Kirche flog nach rückwärts, und diese Worte klangen laut und hallend durch den Raum: »Verzeiht, ihr Herren! wir bedürfen keiner Gäste mehr, Herr Fortunat ist gestorben.«

Die Trunkenen sahen auf. Sie erblickten den regungslosen Fortunat, Herrn Andrea, der sich um den Schwiegervater bemühte. Im Augenblicke zerstoben sie ohne allen Gruß und Dank. Ein Getümmel erhob sich. Dann tiefstes Schweigen. Kerzenlicht überströmte hell einen leeren Saal. Renatus allein war geblieben. Er hob den Toten auf, und mit starken Armen und leichten Trittes trug er die schaurige Last durch ein Gewirre umgestürzter Stühle. Vor ihm her ging Renate; die nächste Türe stieß sie auf, und man sah ein einsames, reich geschmücktes Brautlager, das nur eine Ampel mit ungewissem Lichte umflimmerte. Hier versagten ihr die Füße; sie brach am Ende des Bettes zusammen. Ohne zu fragen, legte Renatus seine Bürde darauf nieder. Ein leichter Luftzug von der Tür her ließ die Ampel flackern; sie war allein mit ihrem Toten.

Nicht lediglich Trauer war es, was die Seele der letzten Malespina so heftig bewegte, während sie das schmerzverklärte Antlitz neben ein stummes Haupt bettete, um dann wieder ihre heißen Lippen auf eine kalte, welke, müde Hand zu pressen. Eine ungeheure Einsamkeit umfing sie; die Lücke, die dieses Sterben in ihre Seele gerissen hatte, die konnte niemand mehr ausfüllen. Und dann fiel ihr die Fruchtlosigkeit ihres Wollens und ihres Strebens schwer aufs Herz. Ihr ganzes Leben hatte diesem Toten gegolten; ihr ganzes Sein und Sinnen war ihm unlösbar verpfändet gewesen. Für ihn hatte sie alles dahingegeben: ihre Vergangenheit, nun auch ihre Zukunft. Sie, deren Lippen zuvor noch nie von einer Lüge befleckt worden waren, hatte kaum erst einen Meineid geschworen – seinetwillen. Der Himmel aber hatte ihre Opfer angenommen ohne jeglichen Lohn. Was dem liebsten Menschen hätte frommen sollen, das war dem Verhaßtesten zugute gekommen. Zugute? Nein, nichts, was an ihr lag, sollte Andrea Malespina jemals zugute kommen dürfen.

Sie fühlte ihre Hand berührt. Im brütenden Schmerze hatte sie nicht bemerkt, wie sich Herr Andrea still über ihren Vater gebeugt hatte. Nun erkannte er das Zwecklose jedes Hilfeversuches; mit gedämpfter Stimme, wie man in der Gegenwart Abgeschiedener zu sprechen pflegt, begann er: »Stehe auf, Renata! Dir bleibt noch Zeit zur Trauer. Ihm war der Tod eine Erlösung – du aber gedenke der Lebenden. Deinen Vater wirst du bestatten – ich aber will dir Vater sein wie Gatte.«

Beim ersten Laut der verhaßten Stimme erblich der Schimmer ihrer Augen. Sie riß ihre Hand gewaltsam los und erhob sich langsam vom Boden; wie ein Marmorbild war sie anzuschauen. Dumpf und tonlos klang ihre Antwort: »Du?«

»Ich, denn ich liebe dich, Renate, wie ich's nie geahnt hätte.«

Sie hatte allmählich ihre Besinnung wiedergefunden; denn noch ganz wirr war sie von seinem ersten Anruf getroffen worden, und nur ihr immerwacher Abscheu vor ihm hatte ihr eine Antwort erpreßt. Nun wich sie langsam zurück; auf die andere Seite des Bettes trat sie, so, daß der Tote scheidend zwischen ihnen lag. Sie strich das Haar aus der Stirn, und wiederum – und schon klang der Hohn im Tonfall ihrer Worte – fragte sie: »Du liebst mich also, du?«

Andrea wollte ihr nachfolgen. Sie aber erhob den Finger, und diese Gebärde war so stolz und gebietend, daß er gebannt blieb und nur ängstlich wartete, bis sein Weib wieder zu reden beginnen werde. Ihm bangte, allein mit dem Toten und allein mit dieser Frau, die ihn nun fast schreckhafter bedünkte als der Tod selbst. Geraume Weile standen sie einander so gegenüber. Der Blick der Tochter Fortunats ruhte fest auf dem Antlitze des Podesta; er trieb dem Arzte das Blut in die Wangen, er zwang ihn, mit den Augen den Estrich zu suchen und seine Fliesen zu zählen, damit dieses unheimliche Beisammensein nur rascher vorübergehe. Es wurde ihm doch endlich unerträglich; er wollte der Tür zu: »Du bist allzu erregt. Ein andermal, Renata!«

»Verweile doch, Herr«, klang es zurück. »Also du liebst mich?« hub sie wieder an, »ei, so sag', warum?«

»Es ist jetzt wohl nicht an der Zeit zu derlei«, entgegnete er beklommen.

»Und doch, vorhin schien es dir an der Zeit, Herr! Und glaubst du nicht auch, was gesagt werden muß, das soll nicht verschoben werden? Du bist alt, meinst du noch so viele Zeit zur Aussprache zu haben? Gedenke doch Fortunats.«

Ihre Stimme brach wiederum, und wieder milderte ein Flor den Glanz ihrer Augen. Tief innerlich war das, was sie erschütterte, und sie war sich dennoch durch ihr Leid hindurch bewußt, daß sie ihren Oheim in diesen Augenblicken bespähe und belauere. Wo war ihr nur die Ruhe dazu hergekommen, die Kraft? Sie sah auf die Leiche ihres Vaters nieder und wußte es: Vergeltung für diesen da mußte sie erlangen, und die einzige Pflicht, die ihr noch oblag, war Rache...

Auch Andrea fühlte, wie sie ihn beobachtete. Mag sein, daß ihn gerade das reizte; vielleicht kochte das heiße Blut seines Stammes darum desto gewaltiger in ihm auf, weil er es durch Jahre niedergezwungen hatte, nun aber ahnte, wie ihm das Weib entschlüpfen wollte, das sein war, das er mit List, durch Lügen, durch Zwang gewonnen hatte. »Weil du schön bist, Renata«, brach er los. »Schöner als alles, was ich je geschaut. Weil ich deiner begehre, heißer, als ich je etwas begehrt habe. Weil ich um dich gäbe, was mir von Kindesbeinen auf wert war.«

»Also weil ich schön bin, gelüstet es dich nach mir?« Langsam, jeden Buchstaben betonend, sprach Renata. »Nun sag' aber – du bist es nicht; warum also sollte ich dich lieben?«

Herr Andrea empfand das Peinliche dieser Frage sehr wohl. Er wollte wiederum abbrechen; aber noch einmal erklang ihm Renates: »Nun sag's!« so befehlend, daß er sich dem Banne ihrer Worte nicht entziehen konnte. Und stammelnd brachte er hervor: »Weiß ich es? Läßt sich das bestimmen? Begehre ich eine gleiche Liebe, wie die mich bezwingt? Nur leiden sollst du, daß ich dich im Herzen trage; mir nur einen Teil dessen geben, was diesem Toten gilt, und zwei Selige mehr wandeln auf dieser Erde. Vielleicht bring mir Dank: was du willst...«

»Dank? und wofür?« Ein grausames Lächeln flog um den Mund der Tochter Fortunats. »Für deine Wohltaten? Aber die Hunde, welche das Haus der Malespina bewachen, leben besser, als das Haupt des Stammes und seine Tochter gelebt. Ich schulde dir Vergeltung – du sollst sie haben. Für jede Furche, die deine Hand in die Stirn dieses Toten eingrub – und es sind ihrer so viele und so tiefe, daß sie selbst der Tod nicht zu glätten vermochte – für jeden Bettelgang, den ich gehen mußte. Auch dafür, daß du mich vor dem bewahrt hast, was jener Mann, der selbst die Hölle durchwandert, das größte Leid nennt. Ich danke es dir, daß ich nicht eine selige Stunde weiß, deren Erinnerung mich nunmehr die ganze Tiefe meines Elendes ermessen lassen könnte. Und sei gewiß – ich werde dir's vergelten.«

Ihre Worte trafen wie schwere Schläge das Haupt des Mannes. Er wankte unter ihrer Wucht. »Renata!« so flehentlich war ihr Name noch nie von Menschenlippen genannt worden. Sie aber hatte ihr Herz verstockt, und ohne Erbarmen fuhr sie fort:

»Denke wohl daran, was ich dir sagte, als du kamst, um mich zu werben. Mich wird nimmer gereuen, was ich tat und tue. Denke du daran, daß dich jener Gang niemals gereue. Hüte dich, Andrea! Du hast mich überlistet und betrogen; du, der Arzt, mußtest die Zeichen in Fortunats Wesen ausdeuten können, die sein nahes Ende verkündeten, du mußtest wissen, daß ich für Stunden Jahre dahingab. Du aber wirst sie mit mir teilen; nun wahre dich, Andrea!«

»Dann habe ich den Jammer in mein Haus geführt.« Er sprach es gebrochen und demütig. »Und dennoch trug ich dich in der Seele und wollte nicht, daß die Malespina erlöschen wie ein Licht. Du bist streng und unbarmherzig – wer weiß, ob nicht die Zeit kommt, Renata, da auch du der Gnade bedarfst, die du mir verweigerst.«

Sie zuckte die Achseln. »Ich will nicht Gnade, nicht Mitleid. Niemandes. Höre wohl, niemandes, auch nicht Gottes. Und das Geschlecht? Fluch- und greuelvoll, Gott und den Menschen verhaßt war es von seinem Anbeginn; es ist Zeit, daß diese Erde davon befreit werde. Sollte es aus meinem Schoße neues Leben gewinnen, mit diesen Händen würde ich es erwürgen.«

Er ächzte schwer: »Und dein Eid, Renata?«

»Sieh her.« Mit starken Griffen riß sie sich den Schleier vom Haupte, daß sie ihr schwarzes Haar von allen Seiten fessellos umflatterte, und trat auf das Gewebe; den Ring streifte sie vom Finger und schleuderte ihn fort. Gespenstisch nachhallend klang das helle Rollen des Metalls durch das Gemach. »Da liegt der Eid. Ein Meineid war es; du hast mich dazu gezwungen, und auf deiner Seele soll er lasten. Und berühre mich nie! Der Tag, an dem du es versuchen würdest, sähe einen neuen, unerhörten Frevel: noch hat mindestens keine Malespina ihren Gatten ermordet. Und nun geh: was gesagt sein mußte, weißt du. Diesen da hast du getötet, mich um das Heil der Seele gebracht, du trefflicher Arzt. Nun laß uns allein. Nun geh, Andrea!«

Sie war wiederum am Bette, auf dem ihr Vater lag, in die Kniee gesunken; aber sie wußte dennoch, daß sie allein sei. Ein leises Knirschen der zaghaft bewegten Türangeln traf ihr Ohr. Die Tochter Fortunats preßte ihre heiße Stirn wider die Kissen, legte sie an das eisige Haupt des Vaters. Herrn Andrea, der ruhelos und auf entblößten Füßen die Wache vor der Pforte hielt, wollte es scheinen, als würden leise geflüsterte Worte voll aufschluchzender Zärtlichkeit geraunt. Als aber der nächste Morgen anbrach, da fand er die junge Herrin dieses Hauses noch immer auf den Knieen. Gram, der nicht schlummert noch Tränen kennt, lag festgebannt auf ihrem Angesicht. Wer sie an jenem Tage erschaut hat, der konnte ihren Anblick nimmermehr vergessen, den hat es durchschauert, als wäre ihm einer begegnet, den dunkle Zaubersprüche aus dem Grabe gerufen:

denn ihr Gewand war bräutlich und ihr Geschmeide kostbar – aber die graue Sorge selbst kann nicht trostloser und die Herzen durchfröstelnder dreinschauen als die Tochter Fortunats, da sie kaum vermählt war.

Das aber, was ihr oblag, vollzog sie. Eine feste Hand führte fortab die Schlüssel im Hause der Malespina. Ihre Gemächer hatte sie fern vom Gatten gewählt; und sie duldete es, daß Andrea das Beste aufbot, um diese Räume zu zieren. So lange der Podesta lebte, hat sie ihr neues Heim nicht mehr verlassen; nicht einmal damals, als man ihren Vater zu seiner letzten Ruhe forttrug. Tag für Tag schmückte sie sich, bis sie selbst mit ihrer Schönheit zufrieden war und ihrem Spiegelbilde zunicken durfte. Kam dann die Stunde, in der die männliche Jugend Ravennas zu lustwandeln pflegt, dann setzte sie sich in ein Fenster und ließ sich von denen anstaunen, die sich unten ergingen. Und der Ruf ihrer unendlichen Schönheit schwoll mehr und mehr an; er erfüllte die ganze Stadt, und alle Welt pries ihre stille Anmut, ihre Tugenden und die Seligkeit Herrn Andreas, dem sie zu eigen geworden war.

Auch erfuhr niemand, was der Podesta litt. Das Elend im Hause der Malespina war ein tiefes Geheimnis, welches Fremde nicht einmal ahnen durften. Renata begegnete wohl allen Bewerbern, welche ihr nahten, freundlich; aber keiner durfte sich einer Bevorzugung rühmen; dem Salamander gleich schritt die Tochter Fortunats ungesengt und unversehrt durch die Gluten, welche sie ringsum entzündet hatte. Dennoch verzehrte die heißeste Eifersucht ihren Gatten, wenn er sah, wie sich die gesamte adelige Jugend von Ravenna um ihre Gunst bemühte; er wagte aber nicht, ihr das zu zeigen, und wußte auch gar wohl, daß in dieser Stadt kaum ein Mann lebe, der ihr gefährlich werden konnte. Ihm war nur vor Renatus bange; der mochte dieser Seele gefallen in der Kraft und Schönheit seines Leibes, der Gewalttätigkeit und Heftigkeit seines Tuns und Trachtens. So durchlebte Herr Andrea unendliche Qual und büßte ab, was er verschuldet. Oftmals, wenn sie ihm so recht nahe saß, daß er den Duft ihrer Haare atmen, die feinen und doch kraftvollen Hände sehen mußte, die ihr so still und leidenschaftslos im Schoße ruhten, wenn er vernahm, wie sich ihre Brust im Atmen hob, erfaßte wahnwitziges Begehren den Unseligen. Dann deuchte ihm süß, von dieser Hand zu sterben, und es müsse mit dem Tode nicht zu teuer bezahlt sein, diesen schlanken Leib einmal umfangen zu dürfen. Sobald aber Renata das Auge aufschlug, sank ihm der Mut, und er ertrug schweigend weiter, was unablässig an seinem Leben fraß. Denn nichts reibt die Kraft eines Menschen so rasch auf, als stetes Taumeln zwischen dem Versuche zu entsagen und neu aufflammender Sehnsucht.

So verfiel denn Herr Andrea zusehends. Die Tochter Fortunats bemerkte das nicht; sie beachtete nicht einmal, daß sich allgemach eine Wandlung in der Gesinnung ihres Gatten ihr gegenüber vollzogen hatte. An seinem eigenen Kummer, an der Unversöhnlichkeit, mit der sie, die doch – er wußte es – zu lieben vermochte, ihm begegnete, erkannte er, wie sehr er sich an ihr versündigt. Die kurze Spanne Zeit, die ihm noch beschieden sein konnte, wollte er ausnutzen, einen Teil seiner Schuld zu sühnen und ihre Zukunft zu sichern. Er war ja ihr einziger Beschirmer; er wußte, daß man sein Haus hasse, und er mußte fürchten, daß dieser Groll nach seinem Tode nicht Halt vor ihrem unbeschützten Haupte machen werde. Sein schweres Herz ließ ihn alle Schrecknisse ahnen und durchleben, welche sie bedrohen konnten. Er wollte sie beschwören, Ravenna sofort nach seinem Ableben den Rücken zu kehren, und sammelte so viel Gold und Edelsteine an, als er nur konnte, damit sie auch in fremden Landen nicht mittellos sei. Er sprach ihr davon. Sie aber sah ihn nur stumm an und kehrte sich ab. Und diese Verachtung traf ihn am tiefsten; nicht einmal Hilfe und Rettung wollte sie also aus seiner Hand empfangen! Dennoch ließ er nicht von ihr; er suchte sogar sich und ihr Freunde zu erwerben. Sein Leben lang hatte er nicht daran gedacht, und so war es freilich ein nutzloses Beginnen.

Als er aber endlich seinem Herzeleid erlegen war, da schritt kein Malespina hinter dem Sarge. Sein Weib lag an jenem Tage krank zu Bette; mindestens mußten die Diener so erzählen. Damals aber sprach man auch zum erstenmal in Ravenna darüber, wie es wohl komme, daß sie keine Kirche betreten könne, und was es zu bedeuten habe, daß in Renates Gemächern – alle wußten darum, obgleich niemand sagen konnte, wie das ruchbar geworden sei – das Bildnis des gekreuzigten Heilands fehle.

Renata hielt die Trauer allen Gebräuchen gemäß. Anfangs erfüllte sie die Erkenntnis, daß Herr Andrea recht eigentlich an ihr gestorben sei, mit stiller Freude und Genugtuung. Auch das verschwand, und ein dumpfes Gefühl tödlicher Verödung lebte fortab in ihr. Sie besaß nichts mehr, was den Menschen sonst wert ist; ein Grau umzog ihr die ganze Welt. So beschloß sie denn, sich wieder in jenes Häuschen zu flüchten, wo sie so lang einsam und elend gewesen war, aber dennoch glücklicher als nun, da ihr selbst der stählende Opfermut von ehedem verloren gegangen. Sie wollte die Menschen fliehen, die ihr nur desto verächtlicher geworden waren, seitdem sie die fürstlich reiche Witwe umwarben. Sie fühlte sich so müde und ersehnte nichts als Schlaf. Ihre ganze Dienerschaft entließ sie, bis auf wenige, die, in Waffen geübt, ihrem Schutz dienen sollten, denn die Zeiten waren rauh und das Haus abgelegen. Sie umgab sich mit königlichem Prunk und hatte keine Lust daran; sie schmückte sich und wußte nicht für wen. Die liebste Gesellschaft waren ihr die Bücher; besonders in der Chronik der Malespina forschte sie unablässig, bis sie jede Bluttat, die darin verzeichnet war, genau ihrem Gedächtnisse eingeprägt, bis sie alle kannte, die durch die Hand ihrer Anverwandten oder im Kampfe der Parteien als Opfer des siegreichen Hasses durch das Beil gefallen waren. Diese Schatten umringten sie und waren ihr die einzigen Genossen; der finstere Glaube, daß ihr Geschlecht verflucht sei, erstarkte mehr und mehr. So schwand ihr jede Kraft des Hoffens; denn als die Erbin dieser Unseligen betrachtete sie sich. Ihr Leben hatte sie in vergangene Jahrhunderte zurückgeführt; aber nicht ein Faden leitete in die Zukunft über. Auch im Dante liebte sie zu lesen wie einst, zumeist bei Nacht und mit lauter Stimme, der Tage eingedenk, da ihr Vater sie zuerst in den Geist des Gewaltigen eingeführt hatte. Ihre Diener aber horchten staunend, zu welcher Fülle die Stimme der Herrin anschwellen konnte. Schwer und wuchtig zog dann der melodische Fall der Terzinen durch das Dunkel, und sie erklangen den Lauschern oft wie geheimnisschwangere Zaubersprüche. Oftmals schauderte es ihnen auch, wenn die Tochter Fortunats mit jemandem zu sprechen schien, ihn feierlich anredete, während doch kein Sterblicher ihr Gemach betreten. Dann hatte eben ihre erhitzte Einbildungskraft sich all die Gestalten des Sehers leibhaft vergegenwärtigt. Sogar darüber sann sie gern nach, welcher der Höllenkreise einmal ihr Aufenthalt für alle Ewigkeiten sein werde; nur auf jener

Wiese, auf der die Schatten derer, die ruhm- und tatenlos gelebt haben, umgetrieben und durch ekles Geschmeiß gepeinigt werden, wollte die Stolze ihren letzten Aufenthalt nicht finden...

Um Ruhe zu suchen, hatte sie Ravenna verlassen; sie zu finden war ihr aber nicht bestimmt. Zu groß war der Lohn, der dem winkte, den die Tochter Fortunats erkor. So kam denn Werber um Werber. Es freite Herr Giovanni Testa, das neue Oberhaupt von Ravenna, mit Schmeicheleien und dann wieder mit dunklen Drohungen; Giuliano, sein Sohn, versuchte sein Glück mit kostbarem Geschmeide; viele verschwendeten ihre ganze Habe um ihretwillen, und mancher Gewerbsmann von Ravenna hatte damals durch sie gute Tage. Sie aber nahm alles gelassen hin, wie eine marmorne Göttin die Opfer. Alle, die um Liebe bettelten, erschienen ihr verächtlich; als Gebieter mußte ihrem Glauben nach der rechte Mann dem Weibe entgegentreten. Wenn sich schmachtende Freier mit Gesang und Lautenspiel vor ihrem Haus hören ließen, dann ließ Renata wohl die gewaltigen Hunde los: hüben erklang dann lautes Gebell, drüben süße Musik – ein mißtöniger Chorus.

Auch sonst geschah es, daß alle unerwartet verstummten. Dann wurde eine helle spöttische Stimme laut, dann schalt ein dreister Junge die weibischen Gesellen, dann kam der einzige, der nie bettelte, weil er es nicht konnte und weil es ihm unwürdig erschien, der nie Geschenke brachte – denn er selber besaß nichts. Er war nie zu Gast bei der Witwe des Podesta; aber wenn er sie sah, dann loderten begehrliche Flammen in seinen Blicken, und es schien ihr, als ob jede Bewegung sie fordere. Wenn er ihr stattlich von Gliedern und schön von Angesicht vorüberschritt, glaubte sie oft, sie empfinde wiederum den Druck seines starken Armes um ihre Hüfte, wie an jenem Tage, an dem ihr Haupt für kurze Weile an seiner Brust eine Ruhestätte gefunden hatte. Sie glaubte, es sei ihr alter Haß, wenn sie das Bild des Mannes überall hin, selbst in ihre Träume verfolgte; wenn sie sich freute, so oft die anderen von ihm sprachen. Sie schalten ihn doch immer und nannten ihn einen Bettler. Sonst zergliederte sich Renata jedes Gefühl; aber sie getraute sich nicht, den Gründen nachzuspüren, warum es ihr Freude machte, daß er über alle herrschte, obzwar sie ihn haßten; und gerade darum war ihr Renatus vielleicht desto wichtiger. So belog sie sich selbst, und Renatus wich ihr aus. Aber er empfand dennoch, als könne ihr kein anderer von allen Ravennaten gefallen. Seiner selbst aber unwürdig wäre es ihm erschienen, alles einem Weibe zu verdanken, und er strebte darum fort aus der Heimat. Denn die Stadt verödete in jener Zeit, ihre Betriebsamkeit verschwand, die Kaufherren verarmten; selbst die Ratsmänner der Königin der Adria empfanden die Ungunst der Tage. Dafür hatte man aber von neuen Ländern erfahren; sie waren dem Beherrscher von Spanien untertan und dort gelegen, wo die Sonne untergeht. Ein Genuese hatte den Zugang zu ihnen gefunden; man rühmte sie wie ein neues Dorado, in dem ein kühner und wagemutiger Mann selbst Königreiche mit starker Faust erstreiten könne. Warum sollte das nicht auch Renatus beschieden sein? Warum sollte er nicht ein Goldland erobern, um dann heimzukehren und Fortunats Tochter zum Weibe zu gewinnen? Ein abenteuerliches Unternehmen – aber gerade das zog ihn an. War nicht alles besser als dies müßige Leben, das hier seine Jugendkraft verzehrte? Und wenn er fiel, dann fiel er dort mindestens mit Ehren.

Sein Verhängnis wollte es anders. Eines Tages saß er in einer schlechten Kneipe, etliche Gesellen um ihn. Keiner darunter war ihm lieb, mancher leidig. Er hatte aber gerade ein Verlangen nach Gesellschaft, und die anderen trieben es ganz toll. Als sie alle betrunken waren, begann man von diesem und jenem zu sprechen. Niemand weiß, wer zuerst den Namen der Tochter Fortunats genannt hat; nur daß man gerade damals ihrer oft gedachte, denn Herr Giovanni Testa hatte sie kurz vorher in feierlicher Tracht aufgesucht, und es war kein Rätsel geblieben, was den Alten seither so verstimmte. Man spottete der verliebten Greise, von denen doch keiner Renate dem andern gönnen würde. Renatus war verstummt, seitdem der Name des Weibes zuerst genannt worden war, und nestelte nur unablässig an seinem Wehrgehenk. Wie es oft geschieht, machte ihn die allgemeine Lustbarkeit nur noch ernster; und an der Qual, die es ihm bereitete, sie hier genannt zu sehen, wurde er sich erst recht bewußt, wie teuer sie ihm sei. Niemand beachtete aber seine Übellaune; Giuliano Testa war am lautesten und verhöhnte seinen Vater am meisten. Anfangs lachten sie, dann wurde auch dieser Spaß schal. Sie hänselten einander also, und endlich, nachdem jeder sein Teil bekommen hatte, kam auch Renatus daran. Gegen seine Gewohnheit erwiderte er mit keinem Worte; wären sie aber nicht ganz von Sinnen gewesen, so hätten sie doch bemerkt, wie ein Zorn in ihm aufstieg, den er kaum mehr bemeistern konnte; denn er war jähzornig und hatte an jenem Abend seinen trüben Gedanken über Gebühr mit hitzigem Rotwein zugesetzt. Dann fingen sie an, gar hämisch den unantastbaren Ruf der Tochter Fortunats zu zerpflücken, und meinten, die Bäume hinter ihrem Hause wüßten wohl viel zu erzählen, und die Knechte munkelten nicht umsonst von Zwiegesprächen mit einem, den man nicht kommen, nicht gehen sähe. Da brach Renatus los: »Hunde, die ihr nicht wert seid, den Namen der Reinen auch nur zu nennen!« – »Bettler, der du dich in ein warmes Nest setzen möchtest, und dem es freilich gleich sein muß, wer schon früher darin saß«, gab ihm Giuliano Testa zurück, der an diesem Tage zu seinem Unglück das erste und das letzte Mal in seinem Leben einem Starken gegenüber Mut hatte.

Kaum daß er's gesprochen hat, wollten sich die anderen schützend zwischen ihn und Renatus werfen. Es war zu spät. Der Wütende tat einen Satz und stand Giuliano gegenüber. »Zieh«, rief er, und seine Klinge war blank. In kopflosem Entsetzen rannten alle nach Hilfe, denn sie kannten die furchtbare Kraft Renatus' und scheuten seinen jähen Zorn. Fliehend hörten sie noch, wie Renatus noch lauter rief: »Zieh, Verdammter, oder bitte ab.« Ob nun dem Giuliano die Stimme vor Angst versagte, ob ihn sein Trotz hinderte, ob ihm der Rasende auch nicht mehr zu einem einzigen Worte Zeit ließ, dies verschlägt nichts; als sie aber eine gute Weile später zurückkehrten, mit ihnen handfeste Männer und der Podesta selbst, da fanden sie Herrn Giuliano erschlagen, sein Schwert noch in der Scheide – Renatus aber verschwunden.

Dieser hatte sich ohne Eile entfernt. Gerecht und billig schien ihm, was er getan, und beseelte ihn mit neuer Freude. Nun glaubte er, ein bestimmtes Anrecht an Renate zu haben, nachdem er ihre Ehre verteidigt und selbst Blut darum vergossen hatte. Er wußte wohl, daß sein Leben verloren sei, wenn man ihn finge. Aber es blieb ihm immerhin noch genug Zeit zum Entrinnen, denn Classis war nahe und er wollte nur noch zuvor Renate beschwören, mit ihm zu entfliehen, mit ihm und auf glücklicherem Boden ein neues Leben zu beginnen. Sie mußte ihm hold sein; eine klare Stimme in ihm verkündete es. Doch als er endlich vor ihr stand – sie wohnte nicht weit von jener Schenke – da hörte sie ihn stumm und ernsthaft an. Mit glühender Beredsamkeit hatte er begonnen – dieser Kälte gegenüber aber schwand sein Selbstvertrauen, brannte sein Feuer nieder. Und dennoch war Renata nicht so kühl, als sie ihm schien; aber sie kämpfte noch mit sich. Sie lähmte die Überraschung – denn sie war in der Einsamkeit langsam von Entschlüssen und Gedanken geworden – auch saß der Glaube an ihre Glücklosigkeit zu tief in ihrer Seele, als daß sie einer Hoffnung leichten Zugang gestattet hätte. Und als Renatus sie im letzten Aufflammen der Leidenschaft an sich reißen wollte, da stieß sie ihn vor die Brust, daß es dröhnte: »Toller, flieh! Wer aber sagte dir, daß ich dir folgen will?«

Seine starken Arme sanken: »Du liebst mich nicht, Renata?«

»Nein! Nicht einmal dem Henker entzöge ich dich.« Sie hatte stärker gesprochen, als sie gewollt, und das gereute sie, als sie den Ton seiner Abschiedsworte, sein trauriges: »Leb' wohl denn, Renata«, vernahm. Sie mußte ihm nachsehen. Er wandte sich nicht nach Classis, wo das Meer, die Flucht, die Freiheit lagen. Mit unsicheren Schritten zog er der Stadt zu.

In tiefer Betäubung war Renatus geschieden. Seit jenem Kirchgange liebte er die Stolze, und ihm selbst unbewußt war diese Liebe mit seinem Tiefsten verwachsen. Zum erstenmal hatte er heute Worte, von ihr unmittelbar an ihn gerichtet, vernommen; voll und traurig, wie der Ton von Totenglocken, schwangen sie ihm nach. Der Wahn, sie werde mit ihm ins Elend gehen, schien ihm so töricht, daß er, der eigenen Torheit lachend, sich freiwillig den Händen der Häscher übergab. Niemand aber in ganz Ravenna, außer dem Podesta, wollte seinen Tod; zumal die Weiber der Stadt baten bei Vätern und Gatten für ihn. Da ersann Herr Testa, damit ihm seine Rache doch nicht entgehe, einen listigen Anschlag: der Henker von Ravenna war nämlich schon hoch bei Jahren und hatte keinen Sohn, der ihm im Amte nachfolgen konnte. So ging Herr Testa eines Abends zu Renatus und ließ ihm die Wahl, ob er geblendet oder Freimann von Ravenna werden wolle; dies habe der Rat in seinem Handel beschlossen. Renatus schlug ein. Er wollte nicht als Krüppel leben, und wie es bei ungestümen Menschen nicht selten ist, hatte diese letzte, bitterste Enttäuschung einen grimmigen Haß gegen alle Welt in ihm erweckt. Allen wollte er es vergelten, was ihm die eine angetan. Auch wußte er, daß ihm Renata trotz alledem hold gewesen war; sie sollte mit Scham erkennen, wozu ihre Härte Renatus Spada getrieben hatte. Bald erfüllten Henkerstolz – denn er sah die Stärksten schwach – und die tiefste Verachtung derer, die vor ihm zitterten, seine ganze Seele. Und die Ravennaten haben nie so sehr vor dem Richtschwert geschaudert als damals, da es die unbarmherzige und furchtbare Hand Renatus Spadas über ihren Häuptern schwang.

Selbst diese Nachricht brachte der Tochter Fortunats eine gewisse Befriedigung. Der Fluch, dem jeder verfiel, der mit den Malespina in Berührung kam, hatte sich also wieder einmal bewährt. Aber sie war von jenem Tage an ganz gemieden; kein Werber pochte mehr an ihre Tür. Das berührte sie nicht; sie war des Sonnenlichtes wie des Lebens müde und hatte doch keines von beiden je gekannt.

Dabei aber war eines verwunderlich: an demselben Tage, an dem der Mund des Renatus für den Kreis seiner Genossen für immer verstummt war, wurde jenes Schmähwort wieder laut, das der Knabe oft dem Mädchen nachgerufen, wenn es scheu und bang durch die Straßen Ravennas gehuscht war. Aber nicht nur Buben schalten nunmehr die Tochter Fortunats so, sondern man kannte gar keinen anderen Namen mehr für sie als: »Die Hexe.« Und die alten Weiber von Ravenna wußten auch bald, worin ihre Zauberkraft liege. Sie war schön – gewiß; aber daneben besaß sie doch noch zweierlei, wie man nichts Ähnliches zu kennen glaubte: das war ihr Auge und ihre Stimme. Darin mußte ihre Gewalt liegen. Denn Renatus war ihr verfallen gewesen, hatte sich an sie herangedrängt von dem Augenblick, in dem sie ihn auf ihrem Wege zum Altar so recht und voll angesehn hatte. Die entlaufenen Knechte berichteten, ihre Stimme klinge so dunkel und trauervoll, daß jedem Hörer das Herz darüber in Mitleid schwellen müsse. Sie hielt zu Nacht geheime Zwiegespräche – mit wem, wenn nicht mit dem Bösen? Warum hatte sie seit ihrer Hochzeit keine Kirche betreten? Wer hatte in ihren Gemächern jemals ein Kreuz bemerkt, oder sonst ein Sinnbild des christlichen Glaubens unter dem Schmucke, den sie an ihrem Leibe zu tragen pflegte? Nicht umsonst verarmte Ravenna; nicht umsonst war erst ganz vor kurzem von der Kanzel herab jene Bulle wieder verkündet worden, welche Papst Innocenz VIII. gegen die Dämonen und ihre menschlichen Helfer gerichtet hat.

Herr Giovanni Testa sammelte jedes Wort der Anklage, das in irgend einem Winkelchen der Stadt aufflog. Jeden dunklen Vorwurf, jede geheime Sage zeichnete er auf und sah vergnügt den Tag näher und näher schreiten, der ihm Vergeltung für den Tod seines Sohnes wie für die Abweisung seiner eigenen Werbung, zugleich aber auch Befriedigung der beiden Leidenschaften brächte, die im Menschenherzen zuletzt erlöschen: des Stolzes, denn so lange eine Malespina lebte, war sein Geschlecht doch nur das zweite in der Stadt; des Geizes, weil er hoffen durfte, sich an ihrem Erbe zu bereichern. Als nun die Pfingsten des Jahres 1532 vorüber waren, rief er die Ratsherren zusammen; denn es war damals schon so still in Ravenna geworden, daß man nicht einmal einen eigenen Hexenrichter mehr brauchte, und dann ist ja auch jeder Christ verpflichtet, diejenigen zu verfolgen, welche aus der Gemeinschaft der Gläubigen abfallen und das Heil ihrer Seele abschwören. Er trug in wohlgesetzter Rede vor, was er gegen die Tochter Fortunats vorbringen konnte. Er gedachte des Unheils, das sie über die Stadt gebracht, und daß schon Fortunat geheimer Künste verdächtig gewesen sei. Da lief ein beifälliges Gemurmel durch die Versammlung. Er aber erinnerte noch daran, ein wie großes Unrecht es sei, solche Schätze in den Händen einer für ewig Verdammten zu lassen, statt sie in die Hand der Frommen zu legen. Auch das fand Beifall. Einer von ihnen aber, Herr Florio, wiederholte noch einmal alles, dessen man die Tochter Fortunats bezichtigen konnte; denn er war langsam von Geist. Und wie er nun, mit nickendem Haupte und eines nach dem anderen an den Fingern herzählend, sagte: »Und endlich weil sie keinen Liebhaber hat, denn ein junges und schönes Weib muß einen Liebhaber haben, und ist es kein Mensch, dann, nun dann ist's ein anderer«, da stießen die Herren einander an und kicherten. Denn weder Herrn Florios hübsche Ehefrau, noch die Tochter seines ersten Weibes konnten dann Hexen sein. Doch kam dem Würdigen ein neues Bedenken: »Wie aber... wenn Renatas Auge und Stimme jeden Mann bezwingen, wer soll sie dann vor ihre Richter stellen...?« »So senden wir die Weiber der Büttel um sie«, entschied ein Klügerer, »die werden ihrer gewiß nicht schonen.« Und darin lag Wahrheit; denn es gab kein Weib in der Stadt, das Renata nicht grimmig haßte. Herr Florio aber war noch nicht zufrieden: »Wie aber...«, zweifelte er weiter, »wenn sich das Volk, von ihrer Jugend und Schönheit gerührt, zu ihren Gunsten erhöhe? oder auch nur uns übel mitzuspielen? Oder wenn gar ihre Richter, wir selbst, ihrem Zauber erliegen würden? Wir sind doch auch noch Männer!« Herr Testa mußte über dieses Bedenken lächeln, so ernsthaft er sonst war: »Nun denn«, beschloß er, »man wird sie verschleiert und ganz verhüllt, damit sie niemand recht anschauen kann, durch die Straßen führen; und so wird sie dann auch vor uns stehen.«

Dennoch schien es den Herren rätlich, die Tochter Fortunats in verschwiegener Nacht oder am Morgen gefangen nehmen zu lassen. Denn die Malespina, als letzte Zeugen eines entschwundenen Glanzes, hatten im gemeinen Volke noch einen großen Anhang. Auch war die Not so hoch gestiegen, daß der kleinste Anlaß einen Aufstand gegen den Rat erregen konnte, weil sehr viele dabei nur gewinnen würden.

Am dritten Tage nach Pfingsten also, als es eben Morgen werden wollte, schickte man nach ihr. Sie lag noch im leichten Frühschlummer, als die Häscherinnen bei ihr einbrachen. Man trieb sie aus dem Bette auf; die rohesten Scheltworte schlugen an ihr Ohr, ohne daß sie ahnte, was man im Namen des Rechtes bei ihr suchen könne. Aber sie wußte, daß ihr jede Anklage verderblich werden müsse; und weil weiblicher Haß geschwätzig ist und man sie Teufelsliebchen schalt, sah sie bald klar. Man band ihr die Hände mit starken Stricken. Das wäre nicht notwendig gewesen, denn sie hätte nicht entfliehen können, nicht einmal, wenn sie es gewollt; erhob sich doch in ihrem eigenen Hause keine Hand zu ihrem Schutze, und selbst das wohlfeile Bedauern ersparten sich die, welche ihr Brot aßen. Das befremdete sie nicht. Mehr aber als selbst die Striemen, welche die hart angezogenen Bande ihr in die weichen Arme schnitten, tat ihrem Stolz wehe, daß man sie fesselte. Dann warf man ihr eine Hülle über das Haupt, die sie blendete und ihr schier den Atem benahm. Sie schwieg dazu; und während ihre Diener in müßiger Neugierde umherstanden und sich noch vor der Herrin ihr Teil der Beute zu sichern suchten, um dem Gerichte zuvorzukommen, trat die letzte Malespina den letzten Gang zur Stadt ihrer Väter an.

Es war ihr aber selbst befremdlich – während man sie stieß und schmähte, auf diesem Leidenswege zog in das Herz der Tochter Fortunats eine tiefe, wundersame Ruhe ein, ganz verschieden von jener bänglichen Grabesstille, die es so lange umfangen hatte.

Renata wußte wohl, daß sie zum Tode gehe; und dennoch war ihr Tritt nicht minder stolz und königlich als sonst. Sterben schien ihr eine Erlösung; denn das Leben hatte sie umfangen einer endlosen Dämmerung gleich, die auf dunklen Schwingen vom Himmel niedersteigt, alle Umrisse ins Maßlose verzerrt und worin Schatten ein gespenstiges Unwesen treiben. Es gab nichts, was ihr das Dasein wert, den Abschied schwer gemacht hätte. Sonst erzittert jedes Geschöpf, wenn es den Tod nahen fühlt; selbst dieses Bangen hatte das ewige Denken daran in ihrer Seele getötet. Sie glaubte sich sündenrein; an ihren Hader mit Gott, ihre Versündigung gegen sich selbst und die heilige Stimme, welche mit geheimer Macht für Renatus in ihr gesprochen hatte, an ihre Schuld und ihre Härte gegen Herrn Andrea dachte sie nicht. Als ein Opfer betrachtete sie sich, das die endlose Reihe der Verschuldungen der Malespina büßen müsse. Selbst mit dem Heiland, dem Weltenerlöser, verglich sie sich auf jenem Wege, und ihr Stolz sog aus diesem Gedanken so süße Nahrung, daß sie dafür noch ganz andere Qualen auf sich genommen hätte, als die ihrer warten mußten. Wie Christus wollte sie freiwillig auf sich nehmen, was ihr beschieden war; denen, die sie immer gehaßt und verfolgt, noch eine letzte Freude verderben: sie sollten Renata Malespina nicht peinigen dürfen, die Wollust nicht haben, sie vielleicht unter den Qualen der Folter schwach werden zu sehen; sie sollten ihr die Schönheit nicht zerstören dürfen, die ihre beste Freude und dennoch wieder ihr größtes Unglück gewesen war, um die sie alle geliebt und dann wieder gehaßt hatten. Niemand sollte sie zur Marter entblößt sehen dürfen – sie war also entschlossen, einzugestehen, wessen man sie nur beschuldigen könne...

Nur einmal überlief sie ein Schauer. Das war, als sie am Eingange des Kerkers – auch hier, wie bei allem, was groß in Ravenna war, grüßte der Dornenzweig ihres Hauses über dem Tore – dem Renatus Spada übergeben wurde, der ihre Hände faßte, um sie auf den Rücken zu binden. Diese Berührung durchzitterte ihr ganzes Wesen. Als sie aber in den Saal trat und trotz der Blendung ihrer Augen ahnungsvoll die hämischen Blicke verspürte, mit denen Herr Testa das seltsame Paar musterte, fand sie ihre Selbstbeherrschung rasch wieder. Die Edlen von Ravenna waren vollzählig erschienen: »Der Edelsten die letzte Ehre zu geben«, dachte Renata.

»Renata, Tochter Fortunat Malespinas«, begann Herr Testa, »du bist böser Hexenkünste beschuldigt. Gestehst du?«

»Ich gestehe.« Kalt und ruhig war die Antwort, aber gerade darum durchfröstelte es die Anwesenden, als sie hörten, wie sich das junge Weib so um das Leben sprach.

»Du hast also Buhlschaft mit dem Bösen getrieben«, forschte der Podesta weiter, und eine zornige Falte furchte seine Stirne, »und dich ihm hingegeben zu sündiger Lust?«

Ein Rot der Scham und der Entrüstung färbte leise die Wangen Renatas. Man erkannte, daß ihr das Blut zu Häupten gestiegen sei; sie kämpfte, und ihre Stimme bebte: »Ja.«

»Und um welchen Preis?«

»Das werden die Herren besser wissen als ich«, gab sie zurück.

»Um den Preis deiner Schönheit also und deiner Macht über Herzen? Ist dem so?«

»Ja.« Noch kräftiger klang diese Antwort. Manche Brust fühlte sich durchbebt vom Wohllaute ihrer Stimme, ergriffen von ihrem Mute. Nur Herr Testa forschte weiter, unbewegt und mitleidlos: »Und wann erschien dir der Böse zum erstenmal?«

Sie sann: »Ich denke, als Fortunat starb und ich Herrn Andreas Weib wurde.«

»Und du wurdest die Seine?«

»Ja.«

»Und mit seiner Hilfe hast du verderbt, die dir nahe standen und die um dich warben?«

»Ich tat's, Herr Podesta.«

»Gab er dir Zaubertränklein und Liebesmittel? Gestehe, Renata!«

Sie wurde ungeduldig, und ihr Stolz empörte sich: »Die Herren wissen wohl alle, daß es dessen nicht not hatte. Auch Ihr könnt mir's bezeugen, Herr Podesta.«

»Antworte, Hexe!« fuhr Herr Testa auf.

Renata lächelte unterm Schleier; sie wußte, daß sie ihn tief verletzt hatte, und ihr feines Ohr vernahm ein leises Lachen. Herr Florio aber stand auf und sprach: »Es bedarf hier, dünkt mich, keiner Antwort mehr. Alles was wir wissen mußten, hat die Beklagte gestanden. Wozu sie aber peinigen? Verkündet also den Spruch, Herr Podesta.«

Herr Testa erhob sich. Nicht ohne Mühe hatte er seine Fassung wiedergefunden, und es kränkte ihn gewaltig, daß sie der Folter, Renatus aber, dem er immer noch unversöhnten Haß nachtrug, der Pflicht entgangen war, dieses grauenvolle Amt an ihr zu üben. Er konnte sich nämlich nicht denken, daß die Liebe Renatus' für das Weib, um dessentwillen er einen Mord begangen hatte, ganz erloschen sei, und hätte gern so eins durch das andere gestraft. Und so begann er mit blutunterlaufenen Augen: »Renata Malespina, du bist böser, Gott und den Menschen feindseliger Künste schuldig und überwiesen. Du hast gestanden, durch sie deinen Gatten, Herrn Andrea, meinen Sohn, und diesen da, Renatus Spada, in Tod oder Verderben gebracht zu haben. So sei denn dein Leib der zeitlichen, deine Seele der ewigen Lohe verfallen. Dir übergebe ich sie, Renatus. Auf ihrer Schwelle wirst du drei Nächte lang schlafen wie der Hund auf der seines Herrn. Dein Leben ist verwirkt, entflieht sie. Ein Gefängnis umschließe euch denn, bis sie gebüßt hat. Danach aber soll sich die Kirche und das Gemeinwesen von Ravenna zu gleichen Teilen in das Gut der Malespina teilen.«

»Möge es beiden und ganz besonders Euch, Herr! denselben Segen bringen, den es den rechtmäßigen Eigentümern gebracht«, höhnte die ungebrochene Tochter Fortunats.

Da brach Herr Testa los: »Die Staupe«, schrie er, »die Staupe!«

Niemand widersprach. Wie eine schlechte Dirne wurde die Tochter Fortunats gestäupt. Herr Testa war indes abermals betrogen, wenn er auf ein Zucken, einen Laut des Schmerzes gehofft hatte. Nur als die Hand des Henkers ihr die Schultern entblößte, als er sie dann hart anfaßte, da stieg wieder ein heißer Strom tief aus ihrem Innersten auf: die Gewalt der Männlichkeit und der Kraft berührte zum erstenmal das ahnende Weib...

Noch drei Nächte hatte Renate zu leben, weil ihr Zeit zur Buße vergönnt sein sollte. Sie dachte nicht daran. Den Tag über sang das

Volk vor den Gittern ihres Fensters Schmählieder auf die Hexe. Sendlinge des Podesta hatten die Männer aufgestachelt, bei den Weibern aber bedurfte es keiner Aufreizung. Steine wurden ihr ins Gefängnis geschleudert; Tagediebe, an denen Ravenna damals sehr reich war, verkündeten ihre Freude, sodaß sie es hören mußte, endlich einmal eine Hexe brennen zu sehen. Denn in dieser Stadt war noch keine den Flammentod gestorben, und das arme Volk hatte sehr selten ein Schauspiel, an welchem es sich ergötzen konnte. Dieses Singen und Schelten kränkte sie nicht. Aber in ihr hämmerte und pochte es, und ihr kamen Gedanken, neu, stark und unabweisbar. Sie suchten sie zu Nacht heim. Sie ließen ihre Stirne erglühen. Ihre Vergangenheit betrachtete sie schon lange wie abgeschlossen, ihr Leben hatte sie prüfend durchmustert wie ein aufgeschlagenes Buch, von jenem ersten Tage ab, da sie hoffnungsvoll den verfluchten Boden der Heimat betreten hatte, bis nun. War sie wirklich keinem verschuldet...?

Doch: einem war sie verschuldet. Einen hatte sie belogen. Wäre Renatus Spada ihretwillen gestorben, nicht ein Gedanke mehr hätte ihm gegolten als ihren anderen Toten. Aber daß sie ihn abwies, ihm ihre wahre Empfindung verbarg, hatte ihn in Schmach und Befleckung geworfen; aus der Gesellschaft der Menschen wurde er dadurch ausgestoßen – ihr eigenes Los. Sie aber durfte sterben, während er das Leben weiterschleppte. War es also nicht billig, wenn sie ihm eine Erinnerung hinterließ, an der er für den Rest seiner Tage zehren konnte? Dieses Ende hätte sie sich, hätte sie ihm sparen können; sie erkannte es nunmehr. Gab es denn kein, gar kein Mittel, mindestens einen Teil dieser Schuld zu tilgen? Waren die Malespina doch immer gute Zahler gewesen...

Diese Gedanken verfolgten sie unablässig. Sie wichen nicht von ihr, nicht einmal, wenn ein später Schlummer Renate befiel. Dann gewannen sie Gestalt und Leiblichkeit. Um sich von ihnen gewaltsam zu befreien, übersann sie wieder und wieder die reinen, opferfrohen Tage ihrer Kindheit. Was hatte ihr damals wohl zumeist gefehlt? Plötzlich kam ihr ein Spruch, an den sie lange nicht gedacht: »Und wenn ich mit Menschen- und Engelzungen redete, und hätte der Liebe nicht, so wäre ich nichts als ein tönendes Erz und eine klingende Schelle.« Aber an eine andere Liebe dachte die Sünderin dabei, als die der Apostel gepredigt: Orgelklang von Terzinen sang ihr im Ohr, und sie sah, wie sich Francesca und Paolo in heißester Leidenschaft umschlungen hielten. Was hatte ihr nur so viele zu Füßen gezwungen, was war es doch, das sie von ihr begehrt? Es mußte ein starkes Gefühl sein; denn selbst der Höllendurchwanderer hatte es für Beatrice empfunden, und Renatus Spada war ihm erlegen – denn in jeden ihrer Träume und Gedanken drängte sich doch immer das Bild dieses Mannes. Und sie allein sollte es doch nie kennen gelernt haben? Sie sann. Hatte sie es nicht vielleicht doch empfunden? War etwa jener Schauer, der sie immer beim Nahen von Renatus befallen, etwas Ähnliches, das sie nur mißdeutet und gewaltsam niedergezwungen hatte? Sie wollte es wissen. Sterben mußte sie nun einmal; war es nicht klug, wenn sie vorher noch das kennen lernte, was man als das Höchste im Leben pries? Immer hatte sie gegeben, nur gegeben – sie wollte es auch jetzt wieder tun, doch nicht auch ohne etwas dafür zu empfangen...

So schwül waren diese Sommernächte, so furchtbar schwül! Oder drückte sie ein anderes? Warum fuhr sie so oft aus dem Schlummer auf? Warum war ihr dann, als nahe ein bekannter Tritt ihrem Lager, als wehe ein heißer Odem durch den Raum? Was flammten ihre Wangen dann? Was wallte ihr Blut so fieberisch, was schlug ihr Herz so ungleich? Als der dritte Abend sank, da war Fortunats Tochter entschlossen und fest.

Während aber das Weib so zwei lange Nächte mit sich im Kampfe lag, hielt Renatus schlaflose Wache. Die gleiche Glut verzehrte auch ihn. Stärker, sieghafter als je war auferstanden, was er tot gemeint. Nur eine Tür schied ihn von der, die ihn elend gemacht; in seiner Hand war der Schlüssel. Er horchte oft und viel; aber da drinnen war kein Laut rege. Da plötzlich – es war im ersten Dunkel – durchzuckte es ihn: hell hatte er seinen Namen rufen gehört. Er zögerte, er verhielt den Atem; hatte ihn nicht das Pochen in seinen Schläfen genarrt? Da kam's wieder: »Renatus...«

Die Pforte flog auf. Ein ungewisses, sommerliches Zwielicht herrschte, und sein Fuß stieß an die Wurfgeschosse, die man nach der Hexe geschleudert. Renate sah er nicht; denn sie war zitternd auf ihr Lager gesunken. Er nahte ihr; seine Stimme klang heiser: »Du riefst, Renata?«

Sie erhob sich: »Ich tat's.«

Es schüttelte ihn: »Und warum? Wozu? Was willst du?«

»Nimm die Hülle von meinem Haupte; löse die Bande von meinen Armen.«

»Und wozu?«

»Damit ich dich noch einmal voll ansehen und einmal umschlingen könne...«

Der fahle Dämmerschein war erblichen und eine dunkle Sommernacht herniedergestiegen. Sie umhüllte das Paar und verschlang es. Das Kettengerassel ringsum war verstummt und nichts mehr laut als die fliegenden Atemzüge der beiden, als verhaltenes Seufzen und heiße Liebeslaute. Der Mond stieg auf, und auf dem Boden trat ein Gitterkreuz hervor. Manchmal durchzog es wie Raunen den Kerker. Aber kein Menschenohr vernahm die törichte Frage Renatus': »Und du wirst mich immer lieb haben?« noch die Antwort Renates: »Das Leben ertrüge ich um dich!« Der Mond schied, und wieder ward's fahl, und wieder klirrten die Ketten der Gefesselten, die sich im unruhigen Frühschlummer bewegten. Sie hörten nichts; als gelte es für Ewigkeiten, so fest umschlossen sie sich. Bis zur Neige leerten sie den Taumeltrank, nach dem es sie so lange gedürstet hatte.

Es tagte. Zwei bleiche Gestalten erhoben sich. Noch einmal schlang Renata den Arm um den Nacken des Mannes, noch einmal begegneten sich heiße Lippen, die nicht von einander lassen wollten, fanden sich kalte Hände zueinander. Dann hielt Renata ihre Arme hin. »Tu's«, befahl sie, als er zauderte. Dann flehte eines das andere um Vergebung an. Noch einmal, ehe der Schleier die Gestalt der Tochter Fortunats umhüllte, sah Auge in Auge. Zum letztenmale zwang sie Renatus an sich, und die Sonne sandte eben die ersten leuchtenden Abschiedsmahnungen, als er flüsterte: »Leb' wohl denn, Renata!« Sie mußte dabei lächeln – aber ihr Lächeln war anders geworden, milder, holder in dieser einen Nacht. »Für kurze Weile, Renatus!« entgegnete sie dennoch ernsthaft.

Es war hell geworden, ganz hell. Ein starker Wind fegte die Straßen. Zahlreiches Volk bewegte sich schon in ihnen, und Gemurmel der Erwartung stieg zum Himmel auf.

In dieser Reihenfolge zogen sie zum Grabmal des großen Gotenkönigs, wo Renatus mit seinen Gesellen den Scheiterhaufen errichtet hatte: zuerst kam die Geistlichkeit und surrte eintönig ihre Litaneien herunter. Hinter ihnen die Tochter Fortunats; ihr freier Schritt verriet nichts von Todesfurcht, und ein seliges Leuchten flog manchmal über ihr verhülltes Antlitz. An ihrer Seite gingen wiederum die Weiber der Büttel als Hüterinnen. Diesen folgten die Herren von der Signoria; an ihrer Spitze Herr Giovanni Testa. Alle trugen sie das Gewand der Totenbrüder und jeder eine brennende Fackel. Hinter ihnen wogte eine unendliche Menge; aber kein Schmähwort wurde mehr laut, und angesichts dieses kläglichen Endes eines so erlauchten Hauses bewegten manch ein Herz ehrfürchtige Schauer. Und als sie endlich am Ziele waren und Herr Giovanni Testa mit hallender Stimme sprach: »Hier übergebe ich dir diese, damit du an ihr vollbringest, was deines Amtes ist«, da fiel es allen auf, wie bleich das mannhafte Gesicht Renatus' war und wie ein Zittern häufig die starken Glieder überlief.

Langsam erstiegen sie den Holzstoß. Dann band sie der Henker an den Pfahl – das Haupt abgewendet tat er's –, riß ihr die Hülle vom Angesicht, und ein Aufschrei ging durch die Menge: so unendlich schön, so holdselig und herrlich war ihnen die Tochter Fortunats noch nie erschienen, wie an ihrem letzten Tage. Dieser Aufschrei zwang Renatus zurückzublicken; und als er das schöne Wogen des Busens, den feuchten Schimmer der Augen, die stille Anmut des Gesichts gewahrte, dessen Marmorstarrheit in dieser Nacht ganz geschwunden war, da bemeisterte ihn ein übermächtiges Entsetzen und ein wahnwitziges Begehren. Alle diese Schönheit war sein gewesen, nur eine heiße, kurze Sommernacht. Und sie sollte verwehen! Er konnte nicht anders, er mußte noch einmal ihre Lippen küssen, ihr Knie umschlingen. Durch die Massen aber zog ein Branden: so gewaltig wie ihr Zauber, daß selbst der Henker, der sie richten sollte, ihm verfiel. »Zurück, Renatus!« erklang's. Er hörte nichts, denn in seiner Seele klangen noch die Worte, welche sie diese Nacht getauscht. »Zurück, Renatus!« Er aber hatte nur Ohr für die Flüsterlaute, die sie, allen unhörbar, ihm zuhauchte. Und zum drittenmal schrien sie: »Zurück, Renatus!« Er aber fühlte ihren Kuß auf seiner Stirn. Da erhob Herr Giovanni Testa den Arm. Seine Fackel flog in weitem Bogen ins Reisig; die seiner Genossen folgten ihr nach. Ein Qualm stieg auf; der Wind trieb ihn in die Höhe, sodaß niemand mehr die verschlungenen Gestalten sehen konnte. Die reine Lohe strebte aufwärts, und gewaltig sausend begannen die Flammen ihren Totengesang. Aber man vernahm keinen Schmerzenschrei. Der Holzstoß brannte nieder; ein Sturm erhob sich und verwehte die Asche des letzten Spada und der letzten Malespina...

So starben in einer Lohe Renatus, der Henker von Ravenna, und Renata, die Tochter Fortunats, der seinen Bruder erschlagen und das Geschlecht der Malespina ausgelöscht hatte. Und das geschah am Sonntag Trinitatis des Jahres 1532.

## Über tredition

### Eigenes Buch veröffentlichen

tredition wurde 2006 in Hamburg gegründet und hat seither mehrere tausend Buchtitel veröffentlicht. Autoren veröffentlichen in wenigen leichten Schritten gedruckte Bücher, e-Books und audio-Books. tredition hat das Ziel, die beste und fairste Veröffentlichungsmöglichkeit für Autoren zu bieten.

tredition wurde mit der Erkenntnis gegründet, dass nur etwa jedes 200. bei Verlagen eingereichte Manuskript veröffentlicht wird. Dabei hat jedes Buch seinen Markt, also seine Leser. tredition sorgt dafür, dass für jedes Buch die Leserschaft auch erreicht wird.

Im einzigartigen Literatur-Netzwerk von tredition bieten zahlreiche Literatur-Partner (das sind Lektoren, Übersetzer, Hörbuchsprecher und Illustratoren) ihre Dienstleistung an, um Manuskripte zu verbessern oder die Vielfalt zu erhöhen. Autoren vereinbaren direkt mit den Literatur-Partnern die Konditionen ihrer Zusammenarbeit und partizipieren gemeinsam am Erfolg des Buches.

Das gesamte Verlagsprogramm von tredition ist bei allen stationären Buchhandlungen und Online-Buchhändlern wie z. B. Amazon erhältlich. e-Books stehen bei den führenden Online-Portalen (z. B. iBookstore von Apple oder Kindle von Amazon) zum Verkauf.

Einfach leicht ein Buch veröffentlichen: **www.tredition.de**

## Eigene Buchreihe oder eigenen Verlag gründen

Seit 2009 bietet tredition sein Verlagskonzept auch als sogenanntes "White-Label" an. Das bedeutet, dass andere Unternehmen, Institutionen und Personen risikofrei und unkompliziert selbst zum Herausgeber von Büchern und Buchreihen unter eigener Marke werden können. tredition übernimmt dabei das komplette Herstellungs- und Distributionsrisiko.

Zahlreiche Zeitschriften-, Zeitungs- und Buchverlage, Universitäten, Forschungseinrichtungen u.v.m. nutzen diese Dienstleistung von tredition, um unter eigener Marke ohne Risiko Bücher zu verlegen.

Alle Informationen im Internet: **www.tredition.de/fuer-verlage**

tredition wurde mit mehreren Innovationspreisen ausgezeichnet, u. a. mit dem Webfuture Award und dem Innovationspreis der Buch Digitale.

tredition ist Mitglied im Börsenverein des Deutschen Buchhandels.


## Dieses Werk elektronisch lesen

Dieses Werk ist Teil der Gutenberg-DE Edition DVD. Diese enthält das komplette Archiv des Projekt Gutenberg-DE. Die DVD ist im Internet erhältlich auf **http://gutenbergshop.abc.de**